Las aventuras de

Pixie Piper

El respiro de un hada

Maricel Jiménez Peña

Los personajes y eventos que se presentan en esta historia son trabajo de ficción. Cualquier similitud a personas reales, sean vivas o muertas, es pura coincidencia y sin la intención de la autora.

Ilustración de portada por Laura Diehl www.LDiehl.com
Copyright ilustración © 2014 por Laura Diehl
Foto de autora por Mariela Álvarez Xiloj
Correcciones por Isabel Batteria

ISBN: 1987677439
ISBN-13: 978-1987677430

DEDICACIÓN

A mis padres. Porque nunca dijeron que no a una libreta ni a un bolígrafo.

1
Sueños helados

Pixie abrió los ojos con dificultad. Su cabeza latía de dolor. Las paredes a su alrededor estaban hechas de hielo pulido. Su cabello se había mojado de alguna manera y ahora estaba congelado, enterrándose como espinas en su espalda. Intentó moverse, pero unas cadenas de hielo amarraban sus brazos y pies a la pared. Los eslabones le quemaban las muñecas y casi no podía sentir sus dedos. Miró hacia arriba, pero solo había una neblina densa y fría. Casi no podía ver nada. Entrecerró los ojos para ver mejor, pero una ráfaga de aire frío salió de la oscuridad. Sintió sus pulmones trancarse con el frío y el aire dejó de fluir. Intentó forzar el aire hacia adentro de su cuerpo, pero era como si estuviera sólido. Nada quería pasar. ¡Se estaba sofocando! De repente, de la nada, sintió que alguien la movía tiernamente.

—Pixie —dijo una voz familiar. Pixie giró su cabeza hacia el ruido, pero no había nadie. —Pixie —dijo la voz nuevamente. Esta vez sonaba más cerca—. ¡Pixie! —Alguien la sacudía—. ¡Levántate!

Pixie abrió sus ojos y se frotó la cara. Los ojos verdes de su madre la miraban con preocupación.

—¿Te sientes bien? Estabas temblando mientras dormías —dijo tocándole la frente con la mano.

—Estoy bien, mami. Creo que el aire acondicionado estaba un poco frío anoche.

No quería darle quejas sobre el sueño. No era la primera vez que lo soñaba. Incluso, era la tercera noche corrida que soñaba lo mismo.

—¿Estás segura? —su mamá insistió revisándole la frente una vez más.

Pixie asintió con la cabeza.

—Bueno, pues entonces, vente a desayunar. El desayuno ya está servido en la cocina —dijo la señora Piper. Luego se levantó de la cama y salió del cuarto, cerrando la puerta.

Pixie se abrazó las rodillas y se frotó los dedos. Aún se sentían adormecidos por el sueño. «Mejor me muevo para que se me vaya el frío», pensó.

La mesa del desayuno era exactamente la misma escena desde que Pixie tenía memoria. Su papá estaba sentado en la esquina, donde tenía una vista panorámica de la cocina. Su cara quedaba escondida detrás del periódico salvo por sus cejas y la parte superior de sus espejuelos. En su plato quedaba la mitad de un revoltillo con mucho kétchup, tocineta y tostadas. La señora Piper caminaba continuamente de lado a lado por la cocina, llevando consigo una taza de café frío. Pixie nunca la había visto sentarse a comer el desayuno, solo cocinarlo.

—Hola, Pixel —dijo su papá guiñando. Era su apodo para ella—. Me dicen que te levantaste temblando esta mañana. ¿Te estás enfermando?

—No papi, estoy bien —dijo echándole el mal de ojo a su mamá. ¿Por qué siempre tenía que dramatizarlo todo?

—¿Estás segura? —interrumpió la señora Piper—.

Quizás te deberías quedar en casa hoy. No quiero que te dé un ataque de asma.

—¡No! —Pixie casi se cayó de su silla—. Es el último día de clases y hay una fiesta. —Utilizó su cara más humilde con sus papás.

—*Okey, okey* —su papá aceptó.

—Pero por lo menos ponte un abrigo —insistió su mamá—. Podría ser el principio de una monga.

Pixie se mordió la lengua y se comió el desayuno en tres bocados antes de que su mamá se inventara una nueva excusa para no dejarla ir. Apenas se había levantado de la mesa cuando habló.

—No olvides el abrigo, Pixie —le dijo.

Por supuesto, el abrigo. ¿Cómo olvidar usar un abrigo en clima de ochenta grados? A veces su madre era simplemente ridícula. Pixie corrió hasta su cuarto y agarró la primera camisa de manga larga que encontró, colocándosela sobre la que llevaba puesta antes de salir de la casa.

2.

El señor con el traje de musgo

Marissa Collins estaba sentada justo bajo la gran "G" del letrero de la Escuela Elemental de Gardenville. Llevaba el pelo rubio trenzado en la espalda hasta la cintura. Cuando vio la guagua del Sr. Piper, se levantó y caminó hasta la acera.

—Hola, Pixie —le dijo. Sus ojos azules miraban ansiosamente de lado a lado—. ¿Necesitas ayuda?

—No. Estoy bien, Misa. ¿Qué pasa? —Pixie le preguntó. Algo tenía que estar pasando. Misa siempre estaba preocupada por algo.

—Hay un señor extraño mirando la escuela. Estaba aquí cuando llegué y lo volví a ver hace como cinco minutos. Tenía un traje amarillo, como si fuera de musgo y estaba mirando hacia adentro de las ventanas.

–Probablemente es el abuelo de algún estudiante –Pixie dijo casualmente. No iba a permitir que Misa se fuera en un viaje paranoico en el último día de clases–. Entremos y olvídalo.

Agarró a Misa por la mano y la haló hasta las escaleras. Un cruzacalles en la entrada indicaba que debían ir directo al auditorio, así que las dos chicas viraron a la izquierda por un largo pasillo. La fiesta estaba decorada con escenas de playa para recordarles a los estudiantes que las vacaciones de verano estaban por comenzar. La señora Vega, su maestra de salón hogar, servía jugo al final de una larga mesa de refrigerios. Colocó dos vasos de líquido rojo frente a Pixie y Misa, y continuó llenando otros vasos.

–¿Qué es? –preguntó Pixie ansiosa.

–¡Ah! No te preocupes, Pixie –contestó la señora Vega–. Es 100% jugo natural con absolutamente nada artificial. Sé que tu mamá no te deja beber más nada, así que me aseguré de que hubiera jugo para ti. No estoy segura sobre el resto de la mesa. A mí me tocaron las bebidas —explicó.

—No se preocupe, señora Vega —Pixie le dijo—. Yo traje mi propia merienda.

Pixie nunca podía comer nada en las fiestas. La lista de comidas prohibidas por su madre era más larga que el pelo de Marissa.

—¿Tienes merienda extra? —Misa se asomó en el bulto de Pixie.

—Claro. ¿Quieres? —Pixie sabía que Misa amaba las granolas de su mamá: avena seca, endulzada con miel y cubierta de almendras.

—Gracias, Pix —Misa dijo entre bocados—. Son las mejores. Tu mamá debería venderlas. —Cerró los ojos para saborearse el último bocado, pero cuando los abrió, su mirada se tornó oscura.

—¡Es él! —dijo acercándose a Pixie—. El señor que te dije, el del traje de musgo. —Misa estaba temblando.

—Cálmate, Misa. Me estás enterrando las uñas —Pixie le dijo—. No veo a ningún señor.

—Allí, al lado de la puerta de salida —respondió.

Un señor bajito y barrigón, con pelo blanco y

un bigote rizado, estaba recostado de la pared justo debajo del letrero de salida. Llevaba un traje amarillo de tela lanosa que lo hacía parecer como una bola gigante de polen.

—Como te había dicho, seguramente es el abuelo de alguien —Pixie le dijo.

—¿Ah, sí? Entonces por qué no lo he visto hablar con nadie aquí? —insistió Misa.

—No sé, Misa. Probablemente porque no lo has estado mirando TODO el tiempo. —Pixie comenzaba a molestarse —. Vamos a disfrutar. ¡Es el último día de clases! —Se llevó a Misa lejos de la salida y se unieron a la fiesta.

* * *

Al final del día ya todos volvían a sus casas. Pixie saludó a la señora Collins con la mano.

—¿Quieres pon, Pixie? —Misa le preguntó preocupada. Sabía que el Sr. Piper siempre llegaba tarde a buscarla.

—No te preocupes, Misa —dijo Pixie—. Pero igual, gracias.

Por alguna razón, su papá siempre olvidaba sus llaves o sus espejuelos o lo que fuera, justo antes de salir. Siempre llegaba tarde a todo. Ya

Pixie estaba acostumbrada. Siempre era la última en irse de la escuela.

Justo al otro lado de la calle frente a la escuela, había un parque con un pequeño bosque. Al borde, cerca de la acera, un árbol hermoso con flores anaranjadas esparcía sus ramas. Pixie se sentó en el banco debajo del árbol. Era el lugar usual para esperar a su papá. Le parecía pacífico y siempre que se sentaba allí se sentía relajada, como si nada malo le pudiera pasar.

Cerró los ojos y respiró el fresco aroma del árbol. Le hizo olvidar lo tarde que estaba su papá. Ya eran casi las cinco. Su papá estaba llegando al récord. Miró hacia la entrada de la escuela. Ya los portones estaban cerrados. Comenzaba a arrepentirse de no haberse ido con Misa. Ya estaría en la casa comiéndose una merienda.

Miró hacia el parque detrás de ella y se preguntó qué habría detrás de los árboles. Quizá había un mundo lleno de aventuras esperando por ella, pero nunca lo sabría. Su madre había prohibido el parque. Pixie no sabía por qué y su mamá nunca lo explicó. Ni siquiera su papá lo entendía.

—Es peligroso— decía la señora Piper.

Pero no lo era. Muchos de los demás niños de la escuela habían ido a acampar a ese mismo parque. Nada malo había pasado. Todos decían que el lugar era seguro. Pero a la señora Piper no le importaba. Simplemente no quería que Pixie fuera allí. «Pues —pensó Pixie—, de todos modos probablemente lo único que hay son unos banquitos».

Unos minutos después, su papá paró frente a la acera.

—Perdona que esté tarde —comenzó a explicar—, no encontraba mis espejuelos.

—Está bien, papi.

Se montó en el carro y miró una vez más hacia el parque y el árbol. Aunque fueran simples bancos, serían suficiente aventura para Pixie. Entonces su papá arrancó el carro y se encaminó. Un movimiento de hojas en un arbusto le llamó la atención a Pixie. No estaba segura, pero le pareció ver algo amarillo salir de detrás del arbusto.

3

Alguien toca a la puerta

La entrada de la casa de los Piper era la envidia de toda la urbanización. Todo lo que la señora Piper sembraba crecía como si la madre naturaleza lo hubiese sembrado ella misma. Desde crisantemos a heliconias, hasta tomates, parecía tener una habilidad para hacer crecer las plantas.

—Hola, chicas, —dijo Pixie al pasar al lado de las flores.

El señor Piper sonrió.

—Eres igual que tu madre, —le dijo.

Pixie encogió los hombros y siguió caminando hasta la puerta. Adentro, el olor a pan de guineo recién horneado inundó sus sentidos. Soltó la mochila justo frente a la puerta y caminó hasta la cocina. Su mamá estaba sentada en una banqueta con una taza de café frío en la mano. Tenía harina en los dedos y un poco en el pelo. Cuando vio a Pixie, su rostro se iluminó.

—¿Cómo estuvo la fiesta? —le preguntó.

—Estuvo súper, —Pixie contestó—. Misa te da las gracias por las barras de granola.

La señora Piper sonrió.

—Por supuesto. Quizá mañana le puedo llevar un poco de pan de guineo. Estoy segura de que le gustaría.

Pixie estuvo de acuerdo. A Misa le gustaba todo lo que cocinaba la señora Piper. Era su fan número uno.

—Quizá deba llevarle pan al señor Collins ahora mismo, —dijo el Sr. Piper entrando a la cocina con su celular en la mano—. Acaba de llamar a una reunión de emergencia en la oficina. Me tengo que ir.

—¿Qué pasó? —preguntó la señora Piper preocupada.

—Pues no estoy seguro. Es extraño, envió un

mensaje de texto que decía que fuéramos a la oficina inmediatamente.

—Pero papi, acabamos de llegar, —protestó Pixie.

—Lo sé, mi niña, pero me tengo que ir —dijo—. Debe de ser algo muy importante. Esto nunca pasa.

Agarró sus llaves y comenzó a buscar por las gavetas. Luego de rebuscar en tres lugares diferentes, encontró su cartera y salió por la puerta.

—Parece que somos solo tú y yo, Pix, —dijo su mamá—. ¿Qué quieres hacer?

—No te preocupes, mami. Creo que me voy a dar una ducha, —dijo Pixie, y se fue hacia el baño.

Luego de la ducha, Pixie se vistió y se fue a la cocina a buscar una merienda. Se trepaba por el tope para alcanzar el frasco de galletas cuando escuchó a alguien tocar a la puerta. Lo ignoró. No tenía permiso para abrir la puerta de entrada. Ya se había comido media galleta cuando tocaron a la puerta una segunda vez. Al parecer, la señora Piper aún no había contestado.

—Mami, hay alguien en la puerta, —gritó Pixie.

Por un momento sumamente largo hubo un silencio inquietante en la casa. Tocaron a la puerta de nuevo, así que Pixie decidió ir a ver quién estaba en la entrada. Agarró un escalón de la cocina y lo utilizó para ver por la mirilla.

Quien fuera que estuviera en la entrada estaba doblado rebuscando el timbre, y lo único que Pixie podía ver era la espalda de una chaqueta amarilla. Parecía estar hecha de paja o musgo o algo parecido. De repente, el timbre sonó nuevamente. Pixie por poco se cae del banco. Retomó el balance y volvió a mirar por la mirilla. El señor se había enderezado. Ahora Pixie lo podía ver claramente.

Su corazón comenzó a latir fuertemente contra su pecho y las palmas de sus manos empezaron a sudar. ¡Era él! Estaba segura. Tenía el mismo bigote rizado, la barriga grande y el traje de musgo. ¡Era el señor de la escuela! El señor que Misa había advertido.

¿Acaso Misa tenía razón? ¿Quién era? ¿Por qué estaba en su casa? Estaba segura de que nunca lo había visto antes y ella conocía a todos los amigos de sus papás, ¿o no?

—Hola, Pixie, —dijo el señor sonriéndole a la mirilla—. ¿Podría entrar?

Si el corazón de Pixie había estado latiendo fuerte antes, ahora estaba a punto de explotar en su pecho. ¿Cómo sabía su nombre? ¿Quién era? Rebuscó en su cabeza imágenes de familiares y amigos, pero estaba segura de que nunca había visto al señor hasta ese día en la escuela. Además, realmente no tenía tantos familiares.

Con un brinco se bajó del banco y comenzó a caminar hacia el cuarto de sus papás. Detrás de ella escuchó el clic del seguro de la puerta. Al voltearse para mirar, la perilla se movió, la puerta se abrió de sopetón y el señor con el traje de musgo entró a la casa.

4

Lo que el señor que no era un señor le dijo a Pixie Piper

Pixie gritó. Misa tenía razón. ¡El señor del traje de musgo venía a raptarla! ¿Y dónde estaba su mamá? Debió haber oído gritar a Pixie. Tenía monitores de bebé por toda la casa, solo para velarla. ¿Dónde estaba?

—Cálmate, cálmate, —dijo el señor—. No te voy a lastimar. ¡Rayos! Últimamente esto se está poniendo muy difícil. Ustedes los niños están demasiado ansiosos.

Sacudió un poco de polvo de su traje y se doblegó con la mano extendida. Pixie no estaba segura, pero le pareció que el polvo tenía brillo.

—Ahora, vamos por las introducciones, —dijo casualmente—. Mi nombre es Dédalo Brillocorto, pero me puedes decir Dalu si gustas.

Pixie no sabía qué pensar. ¿Acaso era una broma? ¿Qué tipo de nombre era Déda...? ¿Cómo era?

—Discúlpeme, señor, —Pixie dijo intentando ser lo más cortés posible—. ¿Quién es usted?

—Pues tu hada padrino, por supuesto, —contestó.

—¿Mi hada PADRINO? —Pixie dijo riéndose. Tenía que ser una broma.

—¡Ay! Me pasa lo mismo con todos, —protestó el señor—. ¿No pueden estar contentos de tener un hada, para colmo tiene que ser una MADRINA también? —Golpeó el piso con el pie y puso una cara fea, pero solo logró que Pixie se riera más fuerte.

—¿Cómo que todos? —preguntó olvidando que debía estar asustada.

—Sí, todos, —repitió con mirada seria—. Actualmente soy padrino de 657 niños y cada uno de ustedes se me ha reído en la cara la primera vez que me ve. Realmente es humillante. Me dan ganas de solicitar el retiro temprano. ¡Y últimamente es peor! Ya ni los pequeños creen en nada. Están todos demasiado ocupados con sus videojuegos y películas. ¡Ugh! Es suficiente para apagar a cualquier hada.

«¿Hada?», pensó Pixie. Entonces notó que el señor como que brillaba. Parecía salir desde lo profundo de su piel y cuando él se volteó para fingir que se iba, Pixie vio que tenía dos pequeñas alas ovaladas en la espalda. No es extraño que no las haya visto antes. Lo que pasa es que las alas de hada usualmente son casi transparentes y solo se pueden ver cuando la luz les da en el ángulo correcto. Entonces lo único que se ve realmente son pequeñas lucecitas de brillo como gotas de rocío en una telaraña. Ese era el brillo que Pixie notaba. Quedaba suspendido en las venas de las alas de Dalu como gotas de diamantes flotantes.

Quizá estaba dormida. No estaba segura, pero un señor mayor que es un hada vestido con un traje de musgo amarillo no parecía muy probable. Tenía que ser un sueño... o una broma. En ambos casos, mejor era dejarse llevar y seguir el juego.

—Dijo que eran 657 niños. ¿Por qué tantos? —Pixie le preguntó.

—Antes teníamos menos carga. Cada niño obtenía al menos un sueño hecho realidad antes de ser adultos, pero hoy hay muchos más niños. Es de locos. En mi caso, admito que en ocasiones he dejado 'caer' a algunos, como dirían, pero intento darle todo mi corazón a cada uno de mis ahijados

—Dalu le aseguró—. Ahora bien —continuó—, es hora de irnos.

—¿Irnos a dónde? ¿Por qué? —le preguntó Pixie nerviosa. Quizá no era un sueño ni una broma. Quizá era peor. Quizá realmente estaba aquí para raptarla. Podía imaginarse a Misa teniendo un ataque al corazón y repitiéndole: «Yo te lo dije».

—Pues porque vengo a hacer tus sueños realidad, por supuesto —Dalu explicó—. Es lo que hacemos los hadas padrinos. Y según mis récords, usted, jovencita, ha estado soñando con una aventura desde hace mucho tiempo.

Era cierto. Era lo que más soñaba en la vida. Algo difícil de lograr cuando tu mamá te mantenía dentro de la casa por menos de dos gotas de lluvia.

—Pero ¿por qué a mí? ¿Por qué ahora? Si tienes todos esos otros ahijados... —protestó.

—Pues fíjate que estoy en una misión especial y han delegado mis otros 656 ahijados entre las demás hadas. ¡Soy todo tuyo hasta que completemos tu aventura! —Dalu dijo con una sonrisa.

—Pero ¿por qué harían eso? No veo por qué soy más importante que los demás niños —dijo Pixie.

—Pues es obvio, ¿no crees? —dijo Dalu.

Pero no era obvio. Pixie lo miró confundida.

—¡Oh, no! —el hada dijo cayendo en cuenta—. Lo había olvidado. Tú no sabes nada, ¿verdad?

—¿No sé qué? —la voz de Pixie casi no se escuchaba. Quizá estaba enferma y muriéndose y por eso su mamá nunca la dejaba comer nada ni salir de la casa. Quizá por eso era que ahora de repente querían hacerle los sueños realidad. Era una sentencia de muerte.

—Pixie, —dijo Dalu resplandeciendo—. ¡Tú eres un hada!

5
La isla de Dahna

Definitivamente esto tenía que ser algún tipo de broma muy elaborada. Pixie, un hada. ¡Por favor! Era lo más ridículo que había escuchado. El señor seguramente estaba loco.

—Yo no puedo ser un hada, señor. No tengo alas, —argumentó Pixie.

—Claro que sí, —dijo Dalu—. Aún no te han salido porque no sabías que las tenías. Además, no todas las hadas tienen alas, —le explicó mientras le salpicaba polvo en la espalda.

De repente, Pixie sintió una cosquilla entre los hombros y cuatro alas emergieron de su espalda, empujando su camisa hasta finalmente romper la tela. Eran enormes. Las de arriba se extendían un par de pies sobre su cabeza y las otras dos casi llegaban al piso, salpicando polvo con tonos de dorado y violeta por todas partes. Como las alas de Dalu, estaban llenas de venas pequeñas cubiertas por un tejido casi invisible que brillaba con la luz. Las batió un poco. Comenzaron a brillar, creando una luz tenue alrededor de Pixie. Entonces, así porque sí, comenzaron a secarse y debilitarse hasta que quedaron guindando de su espalda sin poder moverlas.

—¿Qué pasó? —Pixie dijo frunciendo el ceño—. No las puedo mover ni un poquito. —¿Cuál era el punto de tener alas si no las podía usar?

—No te preocupes. Es normal, —Dalu le aseguró—. Las alas son muy fuertes, pero también delicadas. El no utilizarlas es su peor enemigo. Nunca has utilizado las tuyas y llevan toda la vida escondidas en tu espalda. No es nada que un poco de ejercicios y estiramientos no puedan arreglar —añadió—. Igual, ahora no importa. No volaremos hoy. ¡Me dieron permiso para utilizar el carro!

Sus ojos se abrieron grandes y su brillo aumentó en intensidad. Polvo dorado se formaba

La isla de Dahna

entre sus dedos mientras se frotaba las manos en anticipación.

—¿Nos vamos? —le dijo extendiéndole la mano.

Pixie mordió su labio inferior. Seguramente estaba soñando, pero ¿y si era todo real y él era un hada malvada o algo por el estilo? Necesitaba algún tipo de prueba.

—¿Cómo sé que no me estás mintiendo? —le exigió alejando su mano.

—Bueno, supongo que tienes derecho a preguntar, considerando como están las cosas en estos   días —Dalu le dijo rebuscando en los bolsillos de su chaqueta. Finalmente extrajo una cartera verde hecha del mismo material que su traje. Al abrirla, el musgo de la cartera comenzó a cambiar de color, convirtiéndose lentamente en un color más amarillento.

—Estas son mis credenciales. —Le ofreció un carnet del Departamento de Hadas y Ahijados y una placa hecha de ópalo. Llevaba la silueta de un árbol tallada en el centro. Pixie nunca había visto algo así. Tenía que ser oficial.

—Pero ¿y mi mamá? Se va a preocupar por mí

—dijo Pixie.

—No te preocupes por ella. Dormirá hasta que regresemos de la isla de Dahna, —le dijo.

—¿La isla de Dahna? —preguntó Pixie.

—Sí. Para allá es que vamos —Dalu le explicó.

Pixie se mordió el labio. No estaba segura de qué debía hacer.

—Vamos. Lo verás con tus propios ojos —Dalu le aseguró.

La calle estaba completamente desierta salvo por un convertible rojo tipo *mustang* estacionado frente a su casa. Era obvio que ese era el carro al que se refería Dalu, lo cual demostraba por qué había estado tan emocionado. Desgraciadamente, el día estaba lluvioso. Si no, hubiesen podido viajar con la capota abajo. Pixie siempre había querido viajar en un convertible, pero ir con la capota puesta como que no contaba.

Se abrochó el cinturón. Dalu arrancó, chillando gomas en dirección al expreso. Pixie observó el marca millas sobrepasar el ochenta. Enterró sus uñas en el cuero del asiento del pasajero. Dalu cambió de carril varias veces y viró bruscamente, casi chocando con una guagua marrón.

—¡Au! —Pixie se frotó la frente. La fuerza del giro había sido tan fuerte que su cabeza chocó con la ventana. No hubo sangre, pero un moretón rosado se le había formado en la frente encima de un chichón aun más grande antes de la segunda curva. Dédalo disminuyó la velocidad luego de eso, pero a los cinco minutos ya había vuelto a subir a ochenta millas por hora y el viaje se convirtió en una pesadilla. Pixie cerró los ojos. No quería ver lo que estaba pasando justo antes de morir.

Al abrirlos, estaban estacionados cerca de la escuela, justo frente a su árbol favorito. Dalu se bajó del carro y empezó a caminar hacia el parque, el mismo parque al cual Pixie se le había prohibido entrar.

—¿A dónde vamos? —Pixie le preguntó.

—Al riachuelo —Dalu le contestó abriendo el portón mohoso que los llevaba al parque—. Si tomamos la corriente correcta, nos llevará directo a la isla.

—¿De qué estás hablando, Dalu? —dijo Pixie preguntándose si Dalu podría estar loco después de todo.

—Las hadas viven en la isla de Dahna —le dijo caminando a su lado—. Hay muchas maneras de llegar, pero mi favorita es el riachuelo. Flotamos con la corriente hasta llegar a sus orillas.

—¿Hay una isla en medio de un riachuelo en el bosque? —Pixie cuestionó mientras se paraba para limpiar un poco del fango en sus zapatos.

—La isla de Dahna no está en un lugar específico. Existe suspendida entre los mundos. Cualquier cuerpo de agua te puede llevar siempre y cuando las condiciones sean las correctas —Dalu le explicó.

Pixie se preguntaba cuáles eran las condiciones correctas cuando llegaron a un conjunto de árboles de mangó. Dalu buscó por el piso y recogió una hoja con forma de canoa. Inspeccionó cada lado y vena, y luego la colocó en el pequeño riachuelo que fluía entre las raíces del árbol. Con un movimiento de sus manos, empapó a Pixie de polvo de hadas. Ella no podía ver nada. Una nube de polvo dorado revolvía alrededor de Pixie y Dalu como un tornado. Poco a poco crecía y cobraba fuerza hasta que por poco Pixie salió volando. Al disiparse la nube, Pixie y Dalu estaban montados sobre la hoja de mangó, tan pequeños como hormigas, y el riachuelo se había convertido en un gran río. Cada corriente, entre ocho y diez de ellas, fluía con un color diferente.

—¿Cómo sabes cuál es la corriente correcta? —Pixie preguntó.

—Es la verde. Siempre es la verde —Dalu respondió mientras remaba con dos palos largos. Perdió el control de la hoja por un momento y entró un poco de agua en el bote, pero logró retomarlo rápidamente, y con un buen empujón flotaron hasta la corriente verde.

Se encaminaron sin problema. La corriente era suave, y aunque chocaban ocasionalmente con una roca, el camino era más bien estable. Mariquitas, orugas y todo tipo de insectos navegaban en barcos similares por las demás corrientes. Pixie notó que los demás iban mucho más rápido que ellos, como si por alguna razón la corriente verde no tuviera prisa por hacerles llegar a su destino y las otras, sí. En realidad es así porque cuando tienes prisa te pierdes los detalles. Te pasan por el lado como celajes. Para apreciar los detalles, hay que disminuir la velocidad y solo así se puede llegar a Dahna. Las mentes estresadas y sobrecargadas nunca llegan. O pierden la corriente o por alguna razón se salen del camino. Por eso es más fácil para los niños; sus mentes aún no están preocupadas por lo rutinario.

El arrullo del bote hizo que Pixie se durmiera. El riachuelo tiende a hacer eso. Nadie dura despierto todo el camino. Hay quienes dicen que si no te duermes, no puedes llegar, pero en realidad eso no es más que una leyenda.

Cuando Pixie despertó, la corriente verde se había desvanecido y flotaban en círculos. Luego de tres vueltas, justo por el mismo camino por donde flotaban, sintió que el bote tocaba el fondo. Tan pronto se detuvo, la neblina que los arropaba desapareció y el sol brillaba intensamente sobre la isla.

Estaban en una playa de arena blanca y agua azul claro. Un trío de sirenas tomaba el sol en la orilla. Peinaban sus largos cabellos verdes y anaranjados mientras cantaban una hermosa canción que Pixie no podía entender.

A las sirenas les encanta cantar, especialmente alrededor de los humanos. Por alguna razón, los marineros no pueden evitar dirigir sus barcos hacia las voces de las sirenas y, como por lo general andan sentadas en rocas, allí terminan los barcos encallados.

Detrás de la playa había una montaña cubierta con nieve y un bosque frondoso alrededor. Arcoíris saltaban de árbol en árbol creando una serie de avenidas coloridas entre las copas.

—Bienvenida a la isla de Dahna —dijo Dalu con una sonrisa.

6

El árbol real

Tan pronto se bajaron del bote, se encaminaron hacia el bosque. Dalu iba rápido, alternando entre volar y caminar.

—¿Para dónde vamos? —Pixie preguntó intentando alcanzarlo.

—Al árbol real, por supuesto. Es el hogar de la reina y las oficinas más importantes.

—¿Es lejos? —Ya Pixie estaba un poco cansada.

—No, no, no —dijo—. Es justo detrás de estos helechos. —Los empujó hacia un lado con el brazo y se adentró entre las sombras.

Dalu simplemente desapareció. Pixie buscó a su alrededor. Los helechos no eran suficientemente grandes como para cubrir a una persona completa, mucho menos un árbol. Entonces una mano con una manga amarilla apareció entre las hojas y torció el dedo indicándole que la siguiera. Pixie tuvo sus dudas, pero finalmente tomó la mano esperando que fuera la de Dalu.

Dio un paso y sintió las hojas rozar sus brazos y piernas. De repente, el cielo se encendió con la luz del sol. Se encontraban en un claro redondo del bosque, y justo en el centro del prado crecía un enorme árbol. El tronco era tan grueso como un edificio, con raíces que fluían como una falda y desaparecían en la tierra.

Entre las raíces había unas puertas talladas en la madera. Dos filas de hadas hermosas (a menos que se indique lo contrario, todas las hadas son hermosas) vestidas con armaduras de plata y cascos con plumas verdes velaban la entrada. El primer hada de la izquierda saludó a Dalu y le hizo señas a los demás para que los dejaran pasar. Les abrieron el paso. Mientras caminaba, Pixie notó que las hadas miraban fijamente sus alas, que se arrastraban por el piso, dejando polvo por todas partes. Uno de ellos ni siquiera se preocupó por esconder su risa. ¡Pixie estaba horrorizada! Dalu tosió a propósito y los soldados se enderezaron, colocándose en posición rápidamente.

—Primero iremos a mi oficina —dijo Dalu virando hacia la izquierda en la entrada—. Necesito buscar tu archivo antes de ir a conocer a Ceres.

El recibidor del árbol era un atrio lleno de escaleras y túneles cavados en la madera. Dalu tomó la mano de Pixie y se elevó. Encontró el túnel correcto y entró volando a toda velocidad. Una corriente de aire los empujó dentro del túnel, elevándolos con rapidez. En poco tiempo estaban en un pequeño recibidor con un letrero grande sobre un par de puertas amplias: "Departamento de Hadas y Ahijados, haciendo sueños realidad, un niño a la vez". Una joven hada se quejaba con la recepcionista mientras miraba a dos niños pequeños sentados en un sofá cubierto de musgo rojo.

—¿Qué se supone que haga? ¡No están en el sistema! —decía nerviosa. La recepcionista asintió con la cabeza y le entregó unos formularios.

Al cruzar la puerta, la oficina vibraba con vida. Hadas aparecían de la nada con archivos y pequeños frascos sellados herméticamente, que se utilizaban para preservar la frescura de los deseos. Filas largas de escritorios llenaban el salón principal, cuyas paredes estaban cubiertas desde el piso hasta el techo con tablillas que albergaban frascos de deseos.

La oficina de Dalu estaba tras una puerta al final del salón. Las paredes estaban decoradas con cientos de fotografías de niños; los favoritos, porque no todos cabían en su pequeña oficina de esquina. Un espacio pequeño de pared estaba reservado para un librero tallado de la misma madera. Sus mejores libros estaban allí: *¿Cómo construir un sueño?*, *Dentro de la mente de un niño*, *Enciclopedia de los peores temores de los niños* (volúmenes 1 y 2) y *Diseño estructural de un deseo y cómo hacerlo realidad*. Todos eran libros que Dalu consideraba indispensables para cualquier hada madrina.

Rebuscó dentro de una de las gavetas de archivos. Luego de revisar todas las gavetas, se enfocó en el reguero de archivos que había en su escritorio. Era un milagro que encontrara algo allí. Los archivos eran tantos que Dalu no se podía ver sentado tras las estibas.

—Aquí está —dijo. El archivo marrón se

sobresalía con papeles y pequeñas notas de colores.

—¿Qué es lo que hacen aquí, exactamente? —preguntó Pixie.

—Cuando nace un bebé, le asignamos un hada que vela por sus necesidades y hace sus sueños realidad —Dalu explicó mirando por entre las estibas de papeles—. Todos los deseos deben ser aprobados por el Director Ejecutivo de Deseos. Ese soy yo.

—¿Y a todos los niños se les cumplen los deseos?

—Técnicamente, sí.

—¿Incluso los que se portan mal? —Pixie preguntó.

—Sí. A veces los niños que se portan mal necesitan un sueño hecho realidad más que los demás —Dalu dijo pensativo.

—¿Por qué? —Pixie estaba más intrigada que nunca.

—Porque en realidad no son malos, es que simplemente nunca han tenido algo bueno alrededor suyo y lo único que conocen es lo malo. Además, —añadió—, hay niños buenos que de vez en cuando se portan mal.

Pixie sintió que la miraba con conocimiento. Recordó las veces que se escapaba al patio mientras su mamá dormía y decidió que mejor era cambiar el tema.

—¿Quién es Ceres? Dijiste que iríamos a conocerla —dijo Pixie.

—Ah, si. Ceres es la reina de las hadas —le dijo—. Te quiere conocer personalmente.

—¿Por qué? —Pixie preguntó preocupada.

Dalu frunció el ceño. Fue solo un segundo, pero Pixie se dio cuenta. —Deja que te lo explique ella misma —dijo finalmente.

7

Pixie conoce a la reina

Cuando llegaron a los cuartos privados de la reina, las alas de Pixie temblaban. Era lo más que se habían movido desde que salieron y ahora deseaba que pararan de moverse. Parada frente a las puerta gigante cubierta de musgo, buscaba en su mente algo que decirle a la reina, pero su cerebro estaba vacío. Sintió su estómago revolcarse y tragó nerviosa mientras Dalu abría la puerta.

Al pasar por el portal, Pixie se encontró en un una espacio cubierto con grama frondosa y flores azules. Los cuartos de la reina estaban a la derecha, tras un arco cubierto de campanillas azules que colgaban del techo. Al final del jardín había una mesa hecha de un hongo grande rojo con puntos blancos. Hongos más pequeños servían de asientos a su alrededor. Enredaderas con frutas guindaban de las paredes llenando el salón con el dulce aroma de bayas, mientras pájaros coloridos volaban alrededor, comiendo sin preocupaciones. A la izquierda, una piscina natural se alimentaba de una pequeña cascada que caía por una de las paredes. Un rayo de luz iluminaba la piscina a través de un tragaluz y formaba un pequeño arcoíris al encontrarse con la bruma de la cascada.

Pixie utilizó su mano para tapar el sol y poder ver mejor. Estaba segura de que había visto algo o a alguien parado al borde de la cascada. Era un hada. El sol brillaba sobre su pelo largo blanco, iluminando destellos de arcoíris que se reflejaban en sus alas. La figura larga y delgada unió sus manos sobre su cabeza como si se preparara para brincar. Dobló sus rodillas un poco, pero se detuvo al ver a Pixie.

—Bienvenida a casa —dijo brillando intensamente. Entonces volvió a doblar sus rodillas y saltó hacia la piscina abajo. Su clavado fue perfecto y al salir de la piscina, las gotas de agua rodaban por su cuerpo y desaparecían en la grama a sus pies hasta quedar completamente seca.

—¿Esa es la reina? —preguntó Pixie. Se sentía extraña diciendo la palabra. Esperaba una señora mayor con cara seria sentada en un trono con una corona gigante en su cabeza.

—Sí —Dalu le susurró, pidiéndole silencio.

La reina se arropó con una hoja gigantesca y caminó hacia ellos. Miró a Pixie de arriba a abajo, deteniéndose discretamente ante sus alas caídas.

—Su majestad —Dalu comenzó aclarando su garganta—, le presento a...

—¡Pixie! —dijo la reina. Su voz sonaba como un coro de campanas. Corrió hacia Pixie y la abrazó—. Llevo esperando mucho tiempo para conocerte. —Luego se volteó y le habló a Dalu como si Pixie no estuviera allí—. ¿Qué les pasa a sus alas? —preguntó—. Se ven demasiado débiles para levantar algo, mucho menos volar.

—No ha podido moverlas desde que le salieron. Creo que el entrenamiento tardará algunos meses para que pueda volar con seguridad.

—Tiene exactamente dos semanas, Dédalo. Luego tiene que regresar a su mundo y no podrá practicar —dijo la reina.

—¡Esperen un momento! —Pixie interrumpió algo grosera, pero con razón—. No puedo estar aquí por dos semanas completas. Y mis padres, ¿qué? Se van a preocupar por mí. Y mi asma. No traje mi medicina.

—¡Compórtese, jovencita! —dijo Ceres furiosa—. Tus papás estarán perfectamente bien. El tiempo pasa de manera diferente en Dahna. No será más que una siesta vespertina. Ni siquiera se darán cuenta de que te fuiste. Ahora, ¿qué es eso de asma que mencionas?

—Es una condición respiratoria —Pixie comenzó.

—¿Cómo que condición respiratoria? —Ceres abrió los ojos grandes—. ¡Las hadas no tienen condiciones respiratorias! ¿Qué hace tu mamá contigo? ¿Te tiene en la casa encerrada y no te deja salir? —preguntó.

Pixie asintió con la cabeza disimuladamente.

—Ya veo —dijo Ceres—. No importa. No te dará ningún asma en el aire fresco de Dahna. No tengo ninguna duda de eso. Ahora, vaya y aprenda a volar, —le ordenó despachándolos con un movimiento de la mano.

Dalu miró a Pixie tiernamente y le dio unas palmadas en la espalda. Pixie se preguntó si sabía cuanto odiaba que los adultos hablaran de ella como si no estuviese allí. Como primera impresión, esta reina no había logrado dejar una buena en Pixie.

8
Aprendiendo a volar

Dalu llevó a Pixie de regreso a la playa para la lección de vuelo. Un par de sirenas hablaban en *sireno* mientras hacían joyería de perlas y conchas. Pixie las saludó, pero ninguna de ellas se fijó en Pixie. Tal vez fingían no verla, porque aumentaron el volumen de sus voces tanto que no parecía coincidencia.

–No te preocupes por ellas, –Dalu dijo frunciendo la nariz hacia las sirenas–. La mayoría no se involucran con las hadas. Piensan que somos inferiores porque no podemos respirar bajo el agua. Si me preguntan a mí, ellas son las inferiores; tiradas en la arena todo el día sin hacer nada. Con todo el poder que tienen, pensaría que harían algo más productivo.

—¿Y cuál es su poder? —preguntó Pixie. Nunca había creído en ninguna de estas criaturas mitológicas, mucho menos esperaba que poseyeran algún tipo de poder mágico.

—Las sirenas gobiernan el océano y todo lo que contiene —Dalu le explicó—. Y como ya debes saber, tres cuartas partes del mundo están cubiertas de mar. Por ende, las sirenas controlan tres cuartas partes de la tierra.

—Bueno, pero no pueden volar, ¿o sí? —preguntó Pixie.

—Por supuesto que no, y tú tampoco, así que suficiente chisme, que vamos a comenzar, —Dalu ordenó.

La lección de vuelo era bastante aburrida. Verás, las hadas aprenden a volar de manera muy similar a como los humanos aprenden a caminar. Tratan y tratan, gradualmente dominando cada paso mientras fortalecen las alas. Luego del primer año, comienzan a levantarse del suelo y, tropezando entre las ramas, logran moverse, pero se tarda fácilmente un año luego de elevarse para aprender a volar libremente (volar sin ayuda a lo largo de largas distancias). Pixie no sabía cómo iba a lograr todo eso en tan poco tiempo, especialmente si sus alas estaban demasiado trincas para moverse. Tenía que poder mover sus alas antes de intentar cualquier otra cosa.

Dalu intentó hacerle cosquillas entre las dos alas. Temblaron un poco y luego, nada. Entonces intentó moverlas a la fuerza con sus manos, pero tampoco funcionó.

—¿Será que tus alas están atrofiadas permanentemente? —Dalu se preguntó en voz alta—. Jamás había visto algo así. Ya no deberían estar trincas. Quizá tus alas son así desde el nacimiento y nadie se dio cuenta; algún tipo de anomalía genética...

—¿Qué? —preguntó Pixie—. Dijiste que pasaba todo el tiempo, que era normal. —La sangre le subió a la cabeza y sintió que su cara se puso caliente, más le picaban los ojos.

—ES normal... cuando gradualmente la situación mejora —Dalu le explicó—. Pero tus alas parecen trincarse más con cada minuto. No sé qué hacer. Quizá si esperamos hasta mañana...

Pixie dejó de escuchar. Sus alas no servían. Jamás volaría. Siempre pasaba algo que le tronchaba la felicidad. Frustrada, se tiró en la arena y comenzó a llorar.

—¿Qué te pasa? —dijo una voz de niño.

Pixie alzó la mirada y se encontró con un niño hada de cabello rubio y ojos verdes, que la observaba. Vestía un mameluco hecho de hojas de guineo y llevaba en su espalda un arco y flechas. Sus pies y piernas estaban cubiertas de lodo. El chico miraba a Pixie con cara de suma sorpresa, como si nunca hubiese visto a una joven hada llorando.

—No puedo mover mis alas —Pixie le dijo entre sollozos.

—¡Oh! ¿Puedo ver? —preguntó, ofreciéndole ayuda para levantarse.

El chico se paró detrás de ella y le examinó las alas como si fuera algún doctor. Luego de un largo rato, le anunció su diagnóstico: —Tienes las alas deshidratadas. Algo les está cortando la circulación.

Y era la verdad. Aunque las alas de Pixie habían roto su camisa al salir, los huecos que crearon eran demasiado pequeños y ahorcaban la coyuntura de las alas. Con la punta de una de sus flechas, el chico abrió más la espalda de su camisa y, de inmediato, las alas de Pixie comenzaron a rellenarse de vida.

—¡Gracias, gracias, gracias! —Pixie brincó, celebrando con emoción. Estaba a punto de abrazarlo cuando se dio cuenta de que ni siquiera sabía su nombre—. ¿Quién eres? —le preguntó de repente.

—Me llamo Epime... Epim… Epiménides. Pero ni yo puedo decirlo, así que todo el mundo me llama Meni, —le dijo—. Mi papá es doctor de alas. Por eso es que supe cómo arreglar las tuyas. —Una hermosa sonrisa se expandió en su rostro.

—Muchas gracias, pequeño retoño, —Dalu le dijo—. Ahora bien, Pixie, continuemos la lección de vuelo.

—¿Lección de vuelo? —Meni preguntó sorprendido—. ¿Quiere decir que no sabes volar?

—Oye, me acabo de enterar de que soy un hada —Pixie contestó molesta.

—Oh, lo siento, —dijo algo avergonzado—. En verdad no es difícil. Usa tus alas de arriba para elevarte y las de abajo para la dirección. Así. —Se elevó lentamente unos pies sobre el suelo para demostrarle.

Pixie intentó batir sus alas, y para su sorpresa, se movieron tan rápidamente que podía escuchar el sonido de campanitas. Una nube violeta y dorada la arropó y Pixie comenzó a brillar. Sintió sus pies livianos y cuando miró hacia abajo, notó que casi no tocaban el piso. Se emocionó tanto que dejó de batir sus alas y cayó al suelo como un saco de papas. Una de sus alas inferiores se le enredó en el pie y no podía levantarse. Meni se dobló para ayudarla, desenredando el pedazo de ala.

—Supongo que así fue que te diste ese golpe en la cabeza, —le dijo.

Pixie se sobó la frente donde se había golpeado con la ventana del carro de Dalu. Ya había crecido casi al doble. —No —le dijo mirando con cara de asesina hacia su hada padrino—. Eso fue gracias a Dalu.

—Ven, yo te enseño a volar súper rápido —Meni le dijo extendiéndole la mano. Ella la tomó y juntos comenzaron a batir sus alas. Una vez más, Pixie se distrajo, pero esta vez, Meni la estaba agarrando.

—No te preocupes. Pronto las vas a mover sin pensarlo —le aseguró—. Ahora, agárrate duro. —Salió disparado hacia el sol, arrastrando a Pixie detrás suyo.

Pixie batió sus alas lo más fuerte posible, pero estaba demasiado aterrorizada para saber quién verdaderamente estaba dirigiendo el vuelo. Meni hizo varias vueltas de carnero en el aire y Pixie supo que, definitivamente, no era ella la que volaba. Luego Meni comenzó a descender, aterrizando en una rama cerca de la frontera del bosque. Pixie estaba tan mareada que casi se cayó.

—Lo siento —dijo Meni—. Es que quería estar lejos de Dédalo. Nunca aprobaría lo que quiero enseñarte. Además, no es seguro aprender a volar tan cerca del mar. Si te sales de curso podrías caer al agua, y si se te mojan las alas, se ponen muy pesadas para volar. Es mucho mejor aprender aquí en el bosque, donde hay montones de cosas de qué agarrarte si te caes.

Le enseñó a jugar con las lianas. Lo único que había que hacer era columpiarse de liana en liana utilizando las alas para desplazarse. Así, en caso de que se cansara o se asustara, siempre tenía algo de qué agarrarse.

Pixie agarró una liana y batió sus alas lo más fuerte que pudo. Sintió su cuerpo levantarse, aliviando el peso en sus pies. Con ímpetu, comenzó a batir sus alas más rápido, hasta que hubo tanto polvo que era como intentar ver a través de una espesa neblina. Ni siquiera podía verse la punta de los dedos, mucho menos una liana lejana a la cual transferirse. Con pánico, paró de batir sus alas y se dejó deslizar hacia el suelo por la enredadera.

—Está bien —Meni le aseguró—. Cuando comiences a ir más rápido, el polvo quedará detrás de ti y no se meterá en tus ojos.

Para aliviarle los nervios, Meni le amarró una liana a la cintura. Funcionó. Pixie batió sus alas y sintió que se levantó nuevamente. Aunque el polvo volvió a cegarla, esta vez no se desesperó. Con sus brazos sobre su cabeza y los ojos bien cerrados, continuó subiendo hasta llegar a la próxima rama. Una tras otra siguió subiendo hasta encontrarse parada en la copa de la secuoya más alta del bosque.

La vista era espectacular. La copa del árbol quedaba casi al mismo nivel que el pico de la montaña que desde la playa se observaba detrás del bosque. No estaba segura, pero parecía como si la montaña estuviera hueca por dentro, como un cráter. Seguramente, Meni sabría más. Se volteó como si fuera a encontrar una escalera para descender y quedó paralizada del susto. ¿Cómo diantres iba a regresar al suelo? No sabía volar hacia abajo y tampoco iba a poder bajar a pie por el árbol. No había donde poner sus pies, y estaba a tal altura que ni podía ver el fondo del bosque. Seguramente la liana que la aguantaba era demasiado fina y se rompería con una caída tan alta.

–¡Meni! ¡Meni! –gritó–. No sé como bajar.

Meni llegó en un instante.

–Solo tienes que batir tus alas más lento y así suavizas la caída, –le explicó mientras la ayudaba a bajar–. También puedes expandir tus alas como una sombrilla, y si sientes que vas muy rápido, empieza a batirlas hasta que te estabilices. En verdad no es tan difícil.

Pero Pixie estaba demasiado asustada para

continuar volando. Se abrazó a Meni como solía hacer con su mamá cuando la visitaban monstruos en la noche. La bajada se sintió como una eternidad. Cuando Meni finalmente la acomodó en el suelo, Pixie temblaba por todas partes.

—No te preocupes, le pasa a todo el mundo —le dijo—. Ven, te voy a enseñar algo que te hará sentir mejor.

La llevó a la guardería. Era un pequeño árbol solitario en el tope de una piedra, repleto de nidos hechos de musgo y paja. Cientos de hadas bebés reían y balbuceaban dentro de los nidos. Otros se tropezaban entre las ramas, intentando aprender a volar. En un nido solitario al borde de una de las ramas inferiores, había una joven hada, un poco mayor que las demás. Su cabello dorado le acariciaba los hombros y resaltaban sus ojos verdes. A pesar de ser mayor que las demás hadas, se notaba que no podía volar muy bien. Estaba atrasada. Cada cierto tiempo se elevaba un poco, pero rápidamente caía de golpe en su nido, y así mismo, cada vez se levantaba y lo volvía a intentar. A veces batía el nido con sus puñitos y dejaba salir un pequeño sollozo, pero pronto sacudía la cabeza y se volvía a levantar, batiendo sus alas con más fuerza. Meni y Pixie se acercaron y Pixie pudo notar que la pequeña hada tenía un ala rota.

—Nació así, —Meni le explicó—. Papi dice que puede que nunca logre volar, pero todos los días ella se levanta y practica. Casi ni podía subir una pulgada hace un corto tiempo y mírala ahora; ¡ya sube varios pies! ¡Buen trabajo, Minnie! —le dijo volando hacia ella.

—Cuando llegue a la próxima rama, voy a intentar volar hacia el frente, —dijo la pequeña hada con emoción. Brillaba con más intensidad que cualquier otra hada en la guardería y llevaba una mirada de determinación inquebrantable.

El golpe de culpa cayó directo al pecho de Pixie. Hacía apenas unos minutos se sentía como una inválida desesperanzada que por poco se rinde. Ahora, enfrentándose a la realidad de Minnie, se daba cuenta de que el único impedimento estaba en su cabeza. Si uno piensa que no puede hacer algo, pues no podrá. Se había rendido demasiado rápido, en el primer intento. No se puede ser exitoso si uno se rinde.

Le pidió a Meni que la regresara al bosque de

lianas, voló hasta la copa de un árbol (sin ajustarse una liana a la cintura) y brincó.

Resultó ser más fácil de lo que pensaba. Tan pronto logró dominar su miedo, aprendió a abrir las alas como un paracaídas, tal como Meni le había explicado. Bajaba suavemente con esta técnica hasta que vino una ráfaga de viento que la sacó de curso, causando que diera vueltas en el aire sin control.

—¡Aaaaaah! —gritó Pixie mientras tiraba los brazos a lo loco intentando encontrar algo de qué engancharse. Sus manos no alcanzaron ninguna liana y Pixie caía cada vez más rápido sin poder detenerse.

9

Vuela

Pixie daba vueltas en el aire mientras caía a toda velocidad. El viento batía tan fuerte contra su cara que no lograba mantener los ojos abiertos. Forzando la vista, buscó de lado a lado por algo de qué asirse, pero todo eran hojas y polvo dorado y violeta. Sus brazos solo lograban encontrar aire.

–¡Meni! –gritó. Había volado hasta la copa del árbol y se había olvidado por completo de él. ¿Por qué no la había seguido? ¿Acaso no debió haber estado ahí con ella?

De repente sintió el latigazo de una rama contra su rostro. La alcanzó con las manos y se llevó un puñado de hojas de helecho consigo. Sintió otra rama que le raspó el muslo. Seguramente estaba acercándose al suelo. Tenía que pensar en algo y pronto. Comenzó a batir sus alas lo más rápido posible, concentrándose en su respiración. Quizá así al menos lograba estabilizarse.

Su cuerpo siguió cayendo sin piedad. Sus alas no parecían hacer nada. Las batió con más y más fuerza hasta que solo podía escuchar el ruido de las campanitas. Comenzó a flotar en el mismo lugar, como suspendida de un hilo invisible, y de repente salió disparada hacia arriba, dejando atrás un rastro de polvo violeta y dorado. Sentía el viento en su cara, sacudiendo cualquier temor o duda que le quedara. Miró hacia el suelo, notando cómo se alejaba cada vez más. ¡Estaba volando! En verdad, ¡Pixie estaba volando!

—¡Bravo! —Meni le aplaudía lento y alto desde un árbol cerca de donde aterrizó Pixie.

—¿Dónde estabas? —preguntó recordando lo asustada que se sentía apenas unos minutos—. ¡Me pude haber muerto!

—Pero no te pasó —Meni le contestó con una

sonrisa traviesa–. Además, estaba aquí para cacharte en caso de que no te ayudaras tú misma.

–¿Ayudarme yo misma? –dijo Pixie–. ¿Y si fallabas? Estás loco. No vuelvo a coger una clase de vuelo contigo, Meni –le declaró, despidiéndolo con la mano mientras caminaba en dirección opuesta. No tardó mucho en darse cuenta de que no tenía la mínima idea de cómo regresar a la playa. Al voltearse, Meni estaba detrás de ella.

–¿Ya estás lista para empezar a volar hacia el frente? –le preguntó con una sonrisa satisfecha.

–Pues parece que no tengo opción, ¿verdad? –dijo Pixie–. Después de todo, me tienes aquí atrapada en tu propia sección del bosque. ¿No crees? ¿Vas a dejar que choque contra un árbol la próxima vez?

–¡Ay, chica! Deja de estar molesta conmigo y empieza a sentirte orgullosa de ti misma. Volaste hasta la copa del árbol más alto en solo una lección. Yo creo que eso es un récord –le añadió con un guiñada.

De repente Pixie se sintió triunfal. ¡Había volado! ¿Cuántos niños en su escuela podían decir eso? Se dio cuenta de que en realidad era muy afortunada. Estaba teniendo su propia aventura, el tipo de aventura que solo se tiene en libros o películas. Sería una pérdida de tiempo estar molesta durante cualquier momento, sobre todo cuando mejor podía estar volando por ahí. Sonrió. Se llenó de una sensación cálida en todo su cuerpo, especialmente sus manos. Brillaban con un amarillo intenso y, al crecer su sonrisa, la luz se regó por sus brazos hasta llegar a su rostro.

—Volemos —dijo elevándose hasta la rama más cercana.

Meni la siguió, enseñándole como usar las alas inferiores para controlar la dirección. En poco tiempo ya estaba volando varios pies hacia el frente. Al final del día, le dolían las alas. Estaba segura de que se le caerían en cualquier momento. Entonces fue que Meni decidió que era hora de terminar la lección del día, y regresaron a la playa.

—¿Dónde estaban? —Dalu les gritó—. ¡He estado súper preocupado! ¿Estás bien, Pixie? —La volteó, verificando que no tuviera guayazos nuevos—. Ya me estaba imaginando que este muchacho era un espía. Y tú, joven Epiménides, ¡nunca volverás a ver a Pixie en toda tu vida! —le gritó brillando con un color rojo intenso.

—Pero, Dalu, —protestó Pixie— mira. —Batió sus alas, elevándose del suelo, y voló unos quince pies hacia adelante por la arena. La boca de Dalu casi llegaba al piso—. Por favor, deja que Meni me siga enseñando —le rogó.

Dalu nunca contestó. Solo asintió con la cabeza mirando a Pixie incrédulo.

10

La sortija arcoíris

La cena estará servida en la mesa de hongo del jardín a las 8 en punto. (Hay un guardatiempo en la pared, al lado de la puerta). Encontrarás ropa apropiada en el armario junto a la cama.

Ceres

El armario estaba tallado directamente en la madera de las paredes, como los libreros de Dalu. Las puertas tenían el árbol real grabado en el centro, de tal forma que cada puerta contenía la mitad de la imagen. Adentro, Pixie encontró varios vestidos, todos hechos con pétalos y hojas delicadas. De un gancho en la puerta guindaba un vestido algo más formal con una nota pegada.

Ponte este.

La falda estaba hecha toda de pétalos de rosa. Varias capas de pétalos solapados gradaban de un rosado oscuro en el interior a uno muy tenue en las capas de arriba. El corpiño consistía de dos pétalos de rosa blancos y grandes que se ajustaban a su cuerpo con varios alfileres. «¿Cómo se supone que me ponga esto?» Pixie se preguntó. Había logrado ponerse la falda, pero los pétalos del corpiño se le caían sin importar qué intentara.

—¡Rayos! —maldijo Pixie mientras peleaba con el traje—. Voy a llegar bien tarde.

—¿Necesita ayuda? —dijo una voz casi inaudible desde la puerta.

Pixie quedó congelada. La puerta quedaba bajo una sombra y lo único que podía ver era un par de sandalias japonesas de madera.

—¿Quién está ahí? —preguntó, intentando no temblar. Quien fuera que haya sido, no había hecho ni un solo sonido. La persona pudo haber estado parada allí desde hacía largo rato.

—Soy Tilly, —dijo una joven dando un paso para salir de la sombra. Sus pequeños pies recorrían el piso lentamente, casi sin verse bajo el kimono color mostaza que la cubría de arriba a abajo. Mientras caminaba, nunca levantó la mirada del piso–. Le puedo ayudar con el traje si lo desea, –dijo sin mirar a Pixie. Iba tan cabizbaja que Pixie casi no le podía ver la cara, solo el brillo oscuro de su cabello negro.

–Sí. Realmente necesito tu ayuda –dijo Pixie, muy agradecida de que apareciera ayuda, aun cuando hubiese sido tan extraña su llegada.

Lentamente y en silencio, Tilly removió todos los alfileres y giró los pétalos al revés, ajustándolos de nuevo con los alfileres.

–Así, –dijo cuando había terminado–. Ahora debes irte. A la reina no le gusta que la hagan esperar. –Con eso se volteó y se fue del cuarto tan silenciosamente como había llegado.

Pixie le dio una última mirada al reloj al lado de la puerta. Las ocho y doce. La reina probablemente le gritaría. Lo menos que podía hacer era hacer una entrada grandiosa. Entró al jardín con la mirada en alto y muy derecha, como había aprendido en sus clases de ballet.

La reina estaba en la mesa tomando de una

flor larga y delgada. —Buenas noches, Pixie. Te ves hermosa, —le dijo—. Ven. Siéntate aquí conmigo y cuéntame todo sobre la lección de vuelo.

Pixie se sentó en el hongo al lado de Ceres, pero antes de poder ponerse cómoda, una serie de sirvientes comenzaron a entrar al jardín desde todas las direcciones, cargando bandejas llenas de comida. Un hada con algo de brillo azul levantó las tapas de las bandejas una a una, liberando los aromas más maravillosos que Pixie había respirado en su vida: pan de tulipán recién horneado con mantequilla, ensalada primavera con aderezo de arcoíris, raíces de otoño con salsa de hoja de naranja y helado de rocío con galletas de corteza de árbol de postre. Y lo mejor, ¡todo era completamente natural!

—¿Cómo lo supo? —preguntó Pixie.

—¿Cómo supe qué, niña? —la reina preguntó como respuesta.

—¿Cómo supo que no podía comer nada artificial?

—Las hadas no pueden comer nada que no sea 100% natural. ¿Acaso tu madre no te explica estas cosas? Puede ser fatal. Nuestro sistema no tolera las cosas artificiales. ¡Te puedes morir!

—¡Oh! Ya veo...

—No te preocupes, cariño. Come sin preocupaciones. Aquí todo es a prueba de hadas, —dijo Ceres mientras asaltaba el plato con su tenedor.

Cuando habían terminado la cena y los sirvientes se habían llevado todos los platos, Ceres sacó una pequeña caja de madera de los bolsillos de su vestido.

—Esto es para ti, Pixie, —dijo entregándole la caja.

Adentro había una sortija de plata con una piedra ovalada en el centro que brillaba con todos los colores del arcoíris. Al retirar la sortija de la caja, Pixie sintió una extraña sensación que era cálida y fría a la vez.

—Es una sortija de arcoíris —dijo Ceres—. Las utilizamos para crear arcoíris.

—¡Oh, *wow*! ¡Gracias! —Pixie respondió asombrada.

—Se suponía que se la diera a tu madre cuando se casara, pero... —La reina se detuvo por un momento, haciendo un intento terrible de esconder su evidente tristeza; luego contuvo el taco en la garganta y sonrió–. Creo que es hora de romper con la tradición. Mejor se la daré a una nieta floreciente.

11

Secretos familiares

Pixie no estaba segura de haber escuchado correctamente. ¿Acaso la reina había dicho algo de su madre?

—Lo siento, —comenzó a decir Pixie—, ¿la nieta de quién?

—Pixie, —dijo la reina tomando las manos de Pixie en las suyas—, tú eres mi nieta.

—No, —protestó—. Mi abuela es Abue.

—Soy tu otra abuela —la reina le explicó—. La mamá de tu mamá. He querido conocerte desde que naciste.

—Pero... mi mamá dijo que tú habías muerto,

—insistió Pixie—. No puede ser.

—Sí, —dijo Ceres con la mirada hacia el suelo—. Me temo que tu madre y yo tuvimos un... desacuerdo, y ella se marchó de la isla de Dahna para vivir como humana en el mundo exterior.

—¿Cómo humana? —preguntó Pixie—. ¿Qué quieres decir con "vivir como humana"?

—Porque ella también es un hada, por supuesto, —dijo la reina categóricamente.

—¿Qué? —Pixie comenzó a reconsiderar su teoría de que estaba soñando. No existía absolutamente ninguna posibilidad de que su madre fuera un hada. Era imposible. Especialmente alguien que siempre tenía miedo y andaba preocupada.

—¿De qué otra manera serías un hada, Pixie? —le preguntó Ceres.

Pero Pixie solo podía mirar en silencio a la nada, intentando decidir si realmente creía todo lo que le estaba pasando.

—Ven, —dijo la reina—. Quiero enseñarte algo. —Y le hizo señas a Pixie para que la siguiera.

Atravesaron una cortina de flores hacia un pasillo acogedor tallado en el árbol. En la pared de la izquierda había una foto de una niña. Era casi idéntica a Pixie, excepto que su cabello era más claro y tenía pequeñas partículas brillosas alrededor de su rostro.

—Es tu mamá cuando tenía más o menos tu edad —Ceres le dijo—. Su nombre es Delmes.

Era sorprendente. Se parecían tanto que Pixie casi no lo podía creer. Nunca había visto una foto de su madre cuando niña. Se dio cuenta de que había mucho que no sabía de su mamá. Parecía tener una vida completa de la cual Pixie no sabía nada.

—Pero no tiene alas, nunca habla de esto. ¿Cómo pudo haberse ido y dejar todo esto atrás? —Pixie preguntó finalmente.

—Lo ha olvidado. Es lo que suele suceder en estos casos. Cuando las hadas olvidan que son hadas, sus alas se deterioran lentamente hasta quedar atrofiadas y se vuelven a esconder en la espalda. Cada día que pasa, las memorias de su vida como hada van desapareciendo —Ceres explicó—. Con el tiempo, dejan de producir polvo y la transformación a humano queda casi completa. En ese punto, lo único que queda de las alas son un par de cicatrices verticales en la espalda.

Las cicatrices, pensó Pixie. Había preguntado por ellas una vez en la playa, pero la señora Piper le había dicho que las obtuvo al caerse de un árbol cuando niña.

—Eso es solo un accidente que tuvo de niña, —Pixie le explicó a Ceres, aún incrédula—. No es un hada. Además, ¿por qué querría olvidar todo esto?

—¿Estás segura? —Ceres preguntó, mirándola de lado y esparciendo un poco de polvo sobre la mano de Pixie.

Pixie observó el brillo dorado en su mano. Resplandecía en la luz casi como si fuera eléctrico, trayendo recuerdos de hacía mucho tiempo, pero no estaba segura de qué. Entonces lo recordó de repente. Cuando era muy pequeña, el techo de su casa comenzó a expeler un polvo extraño. El señor Piper se quejaba sobre el asunto una y otra vez. Había sido especialmente problemático en el cuarto de sus padres. Tres contratistas diferentes llegaron a la casa para resolver el problema, pero ninguno lograba evitar que el extraño polvo reapareciera. Al final, el problema se arregló solo, pero ahora, Pixie se miraba las manos y se daba cuenta de qué había sido el polvo extraño que había invadido su casa en aquel momento. Era polvo de hadas. Su mamá tenía que ser un hada también.

—¿Algún día podrá volver a ser hada? —preguntó Pixie.

—Realmente nunca ha dejado de serlo —respondió Ceres—. Solo escogió vivir como humana. Podría volver a parecer un hada, con sus alas y todo, pero para eso tendría que recordar lo que es y no creo que esté lista.

—¿Por qué no? —dijo Pixie.

Ceres le puso la mano en el hombro y suspiró profundamente.

—Tu madre no estaba contenta con mi elección de esposo para ella, así que se escapó. Al partir de Dahna, conoció a tu padre y nunca regresó.

—¿Y con quién se tenía que casar? —Pixie preguntó nerviosa.

—Se suponía que se casara con un hada llamado Garm, —respondió Ceres con una mirada algo preocupada–. Pero ven, vamos a regresar al jardín para poder enseñarte cómo utilizar tu nueva sortija arcoíris.

Pixie no quería cambiar el tema, pero era obvio que la reina sí, así que decidió dejarlo ahí. Luego podría pedirle más detalles a Dalu.

–¿Y cómo funciona la sortija? –preguntó cuando habían regresado al jardín.

–Bueno, primero debes ponértela –dijo su abuela sonriente, sin ningún rastro de pensamientos tristes en su rostro.

Pixie se colocó el anillo en la mano derecha. Con suficiente espacio para dos dedos, el anillo comenzó a dar vueltas como un *hula-hoop* alrededor de su dedo.

–No me sirve –dijo en voz baja, intentando evitar la mirada de su abuela.

–Me parece que te queda de lo más bien –dijo Ceres. La tomó de la mano giró la sortija para que la piedra mirara hacia arriba. La sortija se encogió al instante y se ajustó perfectamente al dedo de Pixie.

–Cuando desees crear un arcoíris, cierras el puño y apuntas con el brazo extendido, así, –

Ceres le instruyó mientras le demostraba el movimiento con sus brazos.

Pixie cerró el puño y apuntó hacia el agua. Un arcoíris brillante se disparó de la piedra y curveó hacia la piscina natural. Fue magnífico, cada color definido claramente y creando un semicírculo perfecto. Eso sí, nadie puede evitar intentar atrapar un arcoíris. Tan pronto lo tienes cerca, no puedes evitar que tu mano quiera tocarlo. Automáticamente se extiende hacia él, pero nunca logra agarrarlo. Se te resbala de las manos como el jabón. Sin embargo, eso es precisamente lo que hizo Pixie. Intentó tocarlo, y el arcoíris se le escapó de la mano y se acomodó cerca de la cascada.

—¡Caramba! —exclamó Pixie.

—¡Ay, Pixie, cariño! No puedes atrapar un arcoíris —rió Ceres—. Lo montas.

Voló hasta la cima y aterrizó en puntitas sobre el arcoíris, y luego se deslizó por él como una chorrera, salpicando agua al caer. Una vez más, el agua parecía no mojarla y su cabeza emergió de la piscina prácticamente seca. Solo algunas gotas de rocío se aferraban a su cabello.

—Era uno de mis juegos favoritos cuando niña —le dijo salpicando agua hacia Pixie—. A veces mi hermana y yo montábamos los arcoíris de nube en nube hasta llegar al suelo. El secreto es no tocarlos con las manos.

Pixie disparó otro arcoíris y voló hacia él, aterrizando en puntitas igual que su abuela.

—Pixie, estás volando fenomenal, ¡en tan solo un día! —dijo Ceres juntando las manos y brillando.

Pixie sonrió con todos los dientes. Había estado deseando que la reina notara que ya podía volar.

Montaron los arcoíris y salpicaron agua por horas hasta que ninguna podía casi moverse.

* * *

Pixie estaba tirada en la cama que había sido de su madre, disfrutando del crujido del fuego en la chimenea. El cuarto completo tenía un aroma a cedro y un toque de canela por algún palito que habría colocado Tilly en el fuego. La escena completa sugería un sueño profundo, pero Pixie no podía casi parpadear. ¡Había volado! Tenía una sortija que podía hacer arcoíris y estaba viviendo en una casa de árbol increíble. Empezaba a sentir que era demasiado bueno para ser real. ¿Por qué alguien habría querido irse de un lugar como este? Se imaginaba a su madre con alas, volando libre por el jardín. No le parecía posible. ¿Cómo alguien que no le permitía a su hija ni mojarse en la lluvia podía venir de un lugar como este? Quizá Dalu se había equivocado. Quizá su mamá después de todo no era Delmes y Pixie era adoptada. Pero no podía sacarse la imagen de aquel polvo brilloso de la cabeza. Lo había visto. Había jugado con él. Había pertenecido a su madre. Pero ¿cómo es posible que lo hubiese olvidado todo, así, sin más? Ese pensamiento se le coló por los sueños esa noche. Soñó que había olvidado que era una humana y que vagaba por la isla de Dahna como un hada huérfana que no recordaba su propio nombre.

12.

El respiro de un hada

Al día siguiente, Dalu llevó a Pixie por un recorrido de Dahna. En el sur había un lago grande con una serie de cavernas; al este, los jardines primaverales donde estaba la playa y el bosque; al oeste se observaba un pequeño desierto; y al norte, la montaña. La montaña era realmente un antiguo volcán que se había enfriado y con el tiempo se había llenado de agua. El efecto fue un enorme lago escondido dentro del cráter, tan profundo que no se podía observar salvo desde arriba. Hace mucho tiempo, cuando el lago aún fluía líquido, la reina del invierno, Hela Dafría, compró la propiedad y la convirtió en un glaciar gigante donde construyó su castillo de hielo. El castillo lo defendían monstruos abominables de la nieve y serpientes heladas que se deslizaban casi invisibles por el hielo y te congelaban al instante con solo una mordida. Hela era la madre de Garm, el hada prometido a la mamá de Pixie.

—No entiendo por qué la reina quería obligar a mami a casarse con ese hada. Si era tan malo, ¿por qué abuela lo escogió? —Pixie estaba empeñada en sacarle a Dalu la mayor cantidad de información posible.

Dalu respiró profundo.

—El mundo de las hadas está inundado de tradiciones antiguas. La costumbre es que una princesa hada se case con un príncipe. En el caso de tu mamá, el compromiso se había concretado mucho antes de que se revelara la maldad de Hela y Garm. —Se sentó en una piedra y le hizo señas a Pixie para que se sentara a su lado—. Me temo que es un poco complicado —continuó—. Luego de que un hada queda prometida a otra, el contrato es obligatorio. Eso significa que no se puede romper. Tu abuela no podía romper el contrato aunque lo quisiera. La única opción para tu mamá era escapar y olvidar.

—Pero, Dalu, —preguntó Pixie— ¿por qué era tan malo que Garm se convirtiera en rey?

Dalu la miró con cariño y le acarició la cabeza.

—Hela Dafría es la reina del invierno. Ella controla esa estación. Tu abuela es la reina de la Corte Seelie; la reina de todas las hadas. Si Garm se casaba con tu mamá, con el tiempo terminaría compartiendo el trono de la corte con ella, y con todo ese poder, hubiese permitido que su madre mantuviera el invierno encendido para siempre. Hubiese creado un desequilibrio en la naturaleza.

—Si mami fuera la reina, estoy segura de que no permitiría eso —insistió Pixie.

—Mi querida Pixie —advirtió Dalu—, si Garm alguna vez encuentra a tu madre y se convierte en rey, las mataría a las dos. Afortunadamente, nunca la va a encontrar. Solo el respiro de un hada la podría encontrar ahora.

—¿Qué es eso del respiro de un hada? —preguntó Pixie curiosa.

—Cuando un hada respira —explicó Dalu—, el respiro se puede almacenar en un envase de cristal. Si ese envase se abre y el respiro se libera, regresaría tarde o temprano al hada que lo respiró. No importa cuán lejos esté, lo único que habría que hacer es seguirlo.

—Entonces, si nadie la puede encontrar, ¿cómo me encontraste tú a mí? —preguntó Pixie.

—Yo soy tu hada padrino. Los padrinos siempre sabemos dónde están nuestros ahijados. Pero yo no puedo saber dónde está tu mamá, solo sé dónde estás tú —le dijo.

—¡Ah! Ya veo —exclamó Pixie—. Pero ¿y si Garm tuviera uno de sus respiros? Después de todo, estaban comprometidos.

—Es poco probable. Si lo tuviera, ya lo hubiera utilizado. Además, atrapar un respiro de hada no es tarea fácil. Cuándo único lo hacemos es al momento de nacer. Entonces es fácil. El primer respiro de un hada es dorado, como la luz, así que se recoge y se guarda en el Registro de Respiros de Hada. Algo así como un certificado de nacimiento.

—¿Entonces mi mamá está segura? —preguntó. Le parecía que su presencia en Dahna podía ser peligrosa para su madre. ¿Qué pasaba si alguien se enteraba de quién era Pixie?— Quizás no debí haber venido? –dijo preocupada.

–Nada que ver. Acabas de cumplir diez años. Pronto vas a ser una adolescente. Si a los niños no se les cumple un deseo antes de la adolescencia, se vuelven tristes y deprimidos. Existía la posibilidad de que tus alas nunca salieran si dejábamos que eso sucediera. ¿Tienes idea de cómo es un hada adolescente deprimida? Se marchitan como flores, querida.

–Ya veo –dijo Pixie, aunque realmente no comprendía.

De repente apareció un hada soldado entre los arbustos. Aterrizó frente a Dalu y le entregó un pergamino enrollado y sellado con un símbolo de árbol igual que el de la placa de Dalu, quien lo tomó y lo leyó silenciosamente.

–Vamos, Pixie. Nos tenemos que ir –dijo en un tono muy serio.

La agarró por la mano y se la llevó en dirección del árbol real. Aterrizaron en una de las terrazas en la copa. Allí los esperaban Meni y la reina, quien tenía un envase de cristal en la mano y una cara de suma preocupación. El envase decía *Delmes Alaradiante*. Ceres le entregó el envase a

Dalu, quien lo inspeccionó para determinar si el sello estaba roto. Lo estaba. Miró a la reina y luego ambos miraron a la vez a Pixie de tal manera que Pixie sintió escalofríos por toda la espalda.

—Pixie —dijo Dalu con voz temblorosa—, me temo que tenemos un problema muy serio. —Tomó una pausa para respirar profundamente y mirar a Ceres—. Se robaron el respiro de tu mamá.

13

Lo que hace un respiro de mamá

Ceres y Dalu hablaban entre sí durante todo el camino hacia los jardines. Meni y Pixie caminaban detrás, intentando escuchar la conversación, pero Pixie no podía entender absolutamente nada de lo que estaban diciendo.

—Es el antiguo dialecto de las hadas —le explicó Meni—. Solo las hadas más viejas lo hablan. Me temo que yo no entiendo mucho, pero mi papá lo habla —añadió—. Pero Pixie, ¿yo leí bien? ¿Acaso no decía «Delmes Alaradiante» en el jarro del respiro de tu mamá?

—Sí, eso creo. ¿Por qué?

—Porque Delmes Alaradiante no es cualquier hada. ¡Es la princesa prometida a Garm! —dijo Meni.

—Sí, Dalu me estaba explicando algo de eso. Todavía no entiendo por qué se fue de este lugar, aun si ese hada era tan horrible.

Meni se detuvo frente a ella.

—Tu mamá hizo una de las cosas más valientes en la historia de las hadas —le dijo—. ¡Garm y su mamá son hadas horripilantes! Son malos. Todo el mundo lo dice. Tu mamá hizo lo correcto al irse de aquí. —Sus ojos parecían estar asustados.

Llegaron al jardín privado de la reina y se sentaron junto a la mesa de hongo al lado de la charca.

—Pixie —dijo Ceres—, Dalu y yo estamos sumamente preocupados por la seguridad de tu madre. Estamos casi seguros de que fue Garm quien se robó el respiro, y si lo suelta, tendrá una manera de encontrar a tu mamá. Solo hay una alternativa. Debes estar cerca del respiro cuando lo suelte, para poder detenerlo.

Pixie no estaba segura de haber escuchado bien. Parecía que le acababan de echar la responsabilidad completa de un plan para salvar a su mamá.

—¿Y por qué yo? —preguntó con atrevimiento.

—Ya entiendo —interrumpió Meni—. Es porque es su mamá, ¿verdad? Porque es un respiro de madre antes que de hada.

—Exacto —contestó la reina—. ¿Tú eres el joven hada que le está enseñando a Pixie a volar?

—Sí, señora.

—Entonces la ayudarás con su encomienda —declaró.

—¿Alguien por favor podría explicarme de qué están hablando? —exigió Pixie.

—Verás, Pixie —Dalu comenzó—, el respiro de una madre siempre va primero a sus hijos que a sí misma, en cualquier ocasión. Es la naturaleza de las madres. Es aun más poderosa que la magia de las hadas. Así que si fueras a estar cerca del respiro de tu madre al soltarlo, iría hacia ti en lugar de hacia tu mamá, y entonces Garm no tendría cómo encontrarla.

—¡Tremendo! ¿Y cómo pretenden que esté cerca del respiro cuando lo liberen? —preguntó sarcásticamente.

—Vamos a tener que encontrar la manera de esconderlos dentro del castillo de Hela hasta que liberen el respiro —anunció Ceres—. Mientras tanto, necesito que ustedes dos sigan practicando el vuelo en lo que Dalu y yo desciframos los detalles de esta misión. Recuerda no decirle a nadie quién eres, Pixie, por si acaso Hela tiene espías cerca.

Pixie salió del jardín sintiéndose desorientada. ¿Acaso estaba soñando nuevamente o de verdad se acababa de apuntar para desafiar la muerte en una misión de hadas? La mirada de Meni fue suficiente contestación.

14

Una ruta alterna

Al final de la semana, ya Pixie volaba como si lo hubiese hecho toda la vida. La misión se llevaría a cabo durante la próxima luna nueva. Según el equipo de inteligencia de la reina, esa era la fecha más probable para el lanzamiento del aliento, puesto que la oscuridad de la luna nueva garantizaba que Garm podría ver el brillo del respiro y seguirlo. Para ese entonces, Pixie y Meni habían explorado todo el bosque, y como no hacían falta más lecciones de vuelo, decidieron explorar la montaña. Era otra manera de prepararse para la misión.

Se acercaron al límite del bosque, donde el

terreno comenzaba a inclinarse hacia arriba. Allí había menos árboles, pero quedaba suficiente vegetación como para poder moverse sin que nadie los viera. Caminaron hasta que la vereda terminó abruptamente frente a una pared que se elevaba cientos de pies hacia el cielo.

—Este debe ser el borde de la montaña, —dijo Meni—. Debemos caminar paralelo a la pared para asegurarnos de que no haya guardias de seguridad. ¿Quién sabe? Quizás podemos volar hasta la cima por este lado sin que nos vean.

La masa gigantesca de roca estaba tan fría como el hielo y cubierta de un musgo resbaloso. No le crecía ninguna planta, ni siquiera un helecho ni enredadera. Los árboles más cercanos fácilmente estaban a diez o quince pies de la pared. Parecía como si el bosque supiera que debía guardar distancia. Pixie no veía ningún puesto de vigilancia. Realmente no había necesidad. Ningún ser vivo se acercaría a ese lugar tan inhóspito voluntariamente. Ningún ser vivo… excepto ellos. Un escalofrío le recorrió la espalda. No podía esperar para largarse de allí.

—Vamos a regresar, Meni —dijo Pixie con la voz casi inaudible.

—Sí. Además, ya se está haciendo tarde —Meni respondió rápidamente.

Pixie se volteó para tomar el camino hacia el bosque cuando algo le llamó la atención de reojo. Había una ranura oscura, como una grieta en la pared, solo a unos pasos de donde estaban.

—¿Lo ves? —le preguntó a Meni apuntando con la mano—. ¿Qué es eso?

Meni frunció los ojos. —Podría ser una cueva. Vamos a averiguar. —Y con eso arrancó en esa dirección.

¡Había una apertura en la pared! Un pequeño chorro de agua fluía entre las piedras del suelo, emanando la peste más asquerosa del mundo.

—Debe de ser algún tipo de alcantarilla —dijo Meni.

—Definitivamente a eso es que huele —notó Pixie.

—¿Crees que llegue hasta el castillo? —preguntó Meni sonriendo.

—Debería —asintió Pixie—. Tenemos que decírselo a Dalu.

Las dos hadas regresaron al árbol real e irrumpieron en la oficina de Dalu con algarabía y sin aliento. Dalu estaba en su escritorio, escondido tras una montaña de archivos.

—Con permiso, Dalu —dijo Meni. Pero Dalu no se fijó en ellos y continuó escribiendo algo en uno de los archivos.

Finalmente, Pixie se acercó al escritorio y movió la estiba de archivos que le cubrían la cara.

—¡Tenemos buenas noticias! —exclamó.

Dalu pegó un brinco en la silla y casi se cae hacia atrás. —¡Por poco me matas del susto, Pixie! Las hadas pueden morir de miedo, ¿sabías?

—Pero, Dalu, encontramos una cueva que llega al cráter —dijo emocionada.

—¿Que hicieron qué? —Dalu preguntó molesto—. ¿Estaban explorando el cráter por su cuenta?

Los dos jóvenes asintieron silenciosamente con la cabeza mirando hacia el suelo.

—¡Los pudieron haber visto! ¿Y si les pasaba algo?

Mientras Dalu gritaba, su brillo se tornaba de un color rojo intenso y su respiración era cada vez más agitada. Entonces, con la misma velocidad, regresó a su color dorado.

—Ahora, díganme sobre la cueva —dijo—. No debemos permitir que las travesuras sean en vano.

—Señor, yo pienso que es una alcantarilla o tubería que vacía aguas negras desde el castillo de Hela.

—¿Y por qué piensas eso, Epiménides? —preguntó Dalu con un tono evidentemente incrédulo.

El sonido de su nombre completo le trajo escalofríos. Sus padres solo lo utilizaban cuando estaban muy molestos.

—Porque olía a cloaca —dijo finalmente—, y las paredes eran curveadas, como las de una tubería.

—¿De veras? —Dalu parecía interesarse—. Tendremos que verificar en los archivos. Síganme, —dijo saliendo de la oficina.

Los llevó por un tubo largo y oscuro que descendía por debajo de la tierra. En el fondo, el aire era frío y rancio, y las paredes estaban cubiertas de un musgo húmedo. Caminaron por un pasillo angosto hasta una caverna muy amplia. La palabra «archivos» estaba grabada en el umbral de la puerta. Al otro lado del portal había un escritorio en una pequeña plataforma al borde de un abismo gigante que terminaba en oscuridad. Las paredes alrededor del abismo estaban cubiertas de libros y pergaminos. Un hada bajita y rechoncha con el cabello blancuzco y violeta, amarrado en una cebolla, los saludó desde detrás de los espejuelos más pequeños que Pixie había visto en su vida.

—Saludos, señora Raíz —dijo Dalu inclinándose un poco con una mano detrás de la espalda.

—Saludos, Dédalo —dijo la señora Raíz sonriendo tras el escritorio—. Hace mucho tiempo que no te veo por estos lares. ¿Qué estás buscando?

—Planos —contestó Dalu rápidamente—. Los del castillo en el cráter.

—¿Y para qué los quieres? —preguntó la señora Raíz—. Dicen que a la vieja Dafría no le gustan las visitas. Además, los planos archivados deben ser los originales. Estoy segura de que han cambiado cosas desde entonces. —La señora Raíz le pestañeaba con coquetería a Dalu.

—Si no es molestia, señora Raíz —dijo Dalu entre dientes—, me gustaría ver los planos.

La señora Raíz dio un paso hacia atrás

alejándose del escritorio. Su sonrisa había desaparecido.

—Parece que la vejez te ha amargado, Dédalo —le contestó—. Déjame ver si logro encontrarte esos planos. Puede resultar muy difícil. Hay un revolú en la sección de arquitectura. Me temo que algunos archivos podrían no estar en su lugar.

Pixie no conocía a la señora Raíz, pero le pareció que no había ningún reguero en los archivos. La señora simplemente se estaba haciendo la difícil para desquitarse con Dalu por su rechazo. Al parecer, las hadas se lo tomaban todo muy personal.

Si el reguero era cierto o no, Pixie nunca lo supo. La señora Raíz se tardó más de una hora en traer los planos. Cuando por fin los entregó, Dalu brillaba rojo carmesí. Pixie pensó que le gritaría o algo parecido, pero en su lugar, Dalu le arrancó los planos de las manos y se fue sin dar las gracias. La señora Raíz pareció estar muy satisfecha.

De regreso en su oficina, Dalu abrió los planos sobre el escritorio. Por lo visto, docenas de tuberías corrían por debajo del castillo de Hela. Tubos pequeños se vaciaban en tubos más grandes que recogían el agua de diferentes partes del castillo. Los drenajes grandes se vaciaban en un lago subterráneo que, a su vez, drenaba a través de un túnel hasta salir del cráter. A juzgar por la posición del túnel en la montaña, parecía ser la cueva que Pixie y Meni habían encontrado. Si los planos estaban correctos, el segundo túnel a la izquierda del lago los dirigiría a un almacén donde era posible que estuviera escondido el respiro. Luego de infiltrarse en el castillo, solo tenían que esconderse y esperar a que Garm liberara el respiro. Entonces, lo único que Pixie tenía que hacer era respirar. Luego era cuestión de salir del castillo lo más rápido posible sin que nadie los viera. Algo sumamente improbable, pero que tendrían que intentar.

15

Los Corteza

El día antes de la luna nueva, Meni invitó a Pixie a cenar en su casa. Los Corteza vivían en un viejo agujero de ardillas en uno de los robles más grandes del bosque. El doctor Corteza, papá de Meni, había construido su práctica en una de las ramas y allí atendía a docenas de hadas diariamente. Era muy reconocido en Dahna y le caía bien a todo el mundo. Era muy probable que, a lo largo de su carrera, hubiese remendado alas de todas las familias, y las hadas nunca olvidan a un buen samaritano. En ese sentido pueden ser muy leales.

La señora Corteza era un hada alegre y rechoncha con el cabello rojo intenso y ojos verdes. Era famosa por su comida. Cuando no estaba atendiendo a sus nueve hijos, preparaba comidas para fiestas lujosas. Incluso, le había cocinado a la reina en más de una ocasión y había recibido elogios de la misma Ceres.

—¡Tú debes ser Pixie! —dijo la señora Corteza con emoción cuando Pixie y Meni volaron por la cortina de musgo y cuentas que servía de puerta—. Meni nos ha contado todo sobre ti. Al fin puedo ponerle un rostro al nombre. Ven. Siéntate. La cena estará servida en un momentito.

Se sentaron en una mesa redonda que crecía directamente desde el suelo. Era tan grande que fácilmente acomodaba hasta doce personas, pero Pixie estaba convencida de que, aunque un poco apretados, cabían aun más.

La cocina quedaba a mano derecha de la habitación. Topes lisos y curveados en forma de olas crecían de las paredes junto con gavetas y gabinetes. No había una nevera, pero Pixie notó una planta muy extraña que guindaba de una liana desde el techo. Tenía una fruta azul con forma de pera, pero más grande que la misma señora Corteza.

La mamá de Meni se paró frente a la planta y tiró de una pequeña hoja en la parte superior. Se abrió una ranura en el centro y comenzó a salir aire frío de la fruta. La señora Corteza introdujo su mano en la ranura y retiró una botella de jugo de flor casi helado.

—Es una planta de hielo —dijo al notar la cara de sorpresa de Pixie.

De repente se escuchó un alboroto en la parte superior de las paredes. Una colección de hadas, cada una más pequeña que la otra, salió de un agujero cerca del techo. Bajaron en fila india, creando un espiral perfectamente coreografiado, y se sentaron junto a Meni a la mesa. La más pequeña de las hadas, Narcisa, era solo un poco mayor que Minnie, la de la guardería.

—Tú eres Pixie, ¿verdad? —preguntó el hada sentada al lado de Meni. Su cabello era claro y sus ojos brillaban con luz dorada—. ¿Es cierto que eres mestiza?

—¡Pervinca! —dijo la señora Corteza —. Eso es ser malcriada. ¿Dónde están tus buenos modales, joven hada?

—Sólo tenía curiosidad, —dijo Pervinca en

defensa propia. —Apenas hace una semana nadie en más de cien años había escuchado de mestizos, y ahora tenemos a una sentada en nuestra mesa. —Miró a Pixie de arriba a abajo y luego se volteó hacia su hermano. —Nada mal —le dijo con una guiñada—. Es linda.

—Cállate, Pervi —dijo Meni entre dientes. Pixie notó que le estaba dando codazos en el costado por debajo de la mesa.

—Oye, no me tienes que dar —gritó Pervinca—. Solo intentaba ser buena gente.

—Pues no estás haciendo un buen trabajo, —dijo Narcisa, guiñándole a Pixie desde el otro lado de la mesa.

—¡A ti no te incumbe, Narci! —gritó Pervinca.

—No le hables así —dijo una voz de niño desde algún lugar por el centro de la mesa. Antes de que Pixie lograra identificarlo, el comedor completo explotó con gritos. Alas comenzaron a batir y la mesa se cubrió de polvo multicolor. Era imposible ver y mucho menos entender lo que estaban diciendo. De repente un viento fuerte comenzó a soplar llevándose todo el polvo.

—¡Suficiente! —gritó la señora Corteza—. Su

padre llegará en cualquier momento y todos deberán comportarse perfectamente. ¿Entendido?

Las nueve hadas se callaron inmediatamente y asintieron en silencio con la cabeza. Pixie se preguntaba si así era que se comportaban todas las familias grandes. Su cena usualmente era bastante silenciosa. Con todo y las peleas, parecía mucho más entretenido que las conversaciones aburridas de sus padres.

El doctor Corteza llegó a los pocos minutos cubierto de arriba a abajo en polvo de hadas, una consecuencia de andar remendando alas todo el día. Le dio un beso tierno en los labios a su esposa y luego echó un poco de polvo sobre la cabeza de cada uno de sus hijos (una tradición de las hadas para brindar salud y fortuna). Cuando llegó a donde Pixie, se detuvo.

—Mi querida doñita, ¿tenemos diez o nueve hijos? —preguntó mientras miraba a Pixie con sospecha.

—Papi, esta es Pixie —dijo Meni.

—Ah, sí. Pixie, la amiga de quien hablas tanto. Encantado de conocerte —dijo—. Meni me contó cómo arregló tus alas. Muy ingenioso de su parte,

¿no crees? ¡Algún día será un tremendo doctor!

Le dio una palmada en la espalda a su hijo y luego le echó polvo a Pixie también. Meni sonrió en automático, pero giró los ojos y evitó la mirada de su papá. Al parecer, no le agradaba que su padre alardeara de él.

Justo en ese momento la señora Corteza se acercó con una bandeja de comida en cada mano y una sobre la cabeza. Había pavo sazonado con polvo de estrellas y marinado con jugo de verano y albaricoque, penecillos a la Dahna con pedazos de polen, arroz de setas silvestres con néctar de rosa y ajo, y para el postre, *cheesecake* de margaritas. Estuvo aun más deliciosa que la cena con su abuela. Al final, Pixie se sentía tan repleta que no sabía si podría volar de regreso al árbol real.

16

Sueños sofocantes

Luego de la cena, Pixie observaba la oscuridad del bosque desde el balcón de los Corteza. Meni había prometido acompañarla de regreso, pero Pixie casi no podía mantener los ojos abiertos. Escuchó el sonido de las cuentas de la cortina y apareció Meni.

—Sé lo que estás pensando. Demasiado llena para volar, ¿verdad? —le dijo.

Pixie asintió con la cabeza, pero su mente estaba en otro tema.

—Meni —comenzó—, ¿por qué fingiste la sonrisa cuando tu papá te elogió?

—¿Cuándo? —preguntó como si no supiera de

qué hablaba Pixie.

—Ay, vamos, no te hagas. Tú sabes. Cuando tu papá dijo que algún día serías un gran doctor, FINGISTE una sonrisa grande y bonita.

—Siempre está hablando del gran doctor que seré algún día. Me vuelve un poco loco —dijo.

—¿Y qué tiene eso de malo? —preguntó Pixie.

—No sé. Me gusta ayudarlo y aprender sobre las alas, pero no sé si quiero hacer todo el tiempo lo que él hace.

—¿Y qué te gustaría hacer? —preguntó Pixie.

—Mis amigos y yo siempre hablamos sobre los juegos FEX —susurró Meni.

—¿Los juegos FEX? ¿Qué es eso?

—¡Shhh! No hables tan alto. Es simplemente la competencia de juegos extremos más importante del año. Tienen *surfing* en hoja, vuelo en lianas, deslizamiento por arcoíris y hasta montar dragones. ¡Está súper nítido! Mis amigos dicen que tengo oportunidad en la competencia de vuelo en lianas. Es como lo que te enseñé en la primera lección de vuelo, excepto que hacemos acrobacias y vueltas aéreas. ¡El ganador recibe 10,000 pepitas de oro! Pero mi padre jamás me dejará competir. Dice que es una pérdida de tiempo y me podría lastimar.

Pixie asintió con la cabeza. Sabía muy bien lo que era tener padres sobreprotectores, aunque dudaba mucho que los Corteza cualificaran.

—¿Has hablado con tu mamá? Quizá ella lo pueda convencer —sugirió—. Después de todo, esta misión será más peligrosa que esos juegos y te dejaron ir, ¿no?

—Ellos no saben sobre la misión, Pixie, —confesó—. Piensan que te estaré dando más clases de vuelo.

Pixie estaba horrorizada. ¿Cómo le explicaría a los Corteza si le pasaba algo a Meni? Por un momento se arrepintió de haberlo involucrado en sus problemas. Le debió haber dicho a sus padres para dónde iba. Tenían derecho a saber que su hijo arriesgaría su vida por el bien de Dahna.

Meni la miró con entendimiento y la detuvo antes de que pudiera protestar. Con mucha calma le recordó que sus padres tampoco sabían sobre la misión y que ella también arriesgaría su vida. Pixie no pudo argumentar. La verdad, ella quería que él la acompañara. Meni la hacía sentir más segura que Dalu (sin ofenderlo) y no le tenía sentido una aventura sin un amigo con quien compartirla, así que no hablaron más del tema.

—Grrr —gruñó el estómago de Pixie mientras intentaba digerir toda la comida que había consumido.

Meni se rió.

—Te puedes quedar a dormir si estás muy llena para volar. Yo le envío un mensaje por abeja a Dalu.

Pixie aceptó. No iba a poder volar en la oscuridad y medio dormida. Aún no era una voladora tan experta.

Meni caminó por la rama del árbol hasta un pequeño panal de abejas acomodado entre las hojas. Unos momentos después, Pixie notó una abeja salir del panal y desaparecer en la oscuridad del bosque.

—Ya —dijo Meni—. Ahora nos podemos acostar a dormir.

Meni y los demás niños dormían en el cuarto ubicado al otro lado del agujero en el techo. El espacio era cilíndrico y muy alto. A unos cinco pies sobre el piso comenzaban tres filas de espacios rectangulares tallados en la pared. Cada recoveco estaba preparado con un colchón de plumas, almohadas y una pequeña lámpara de cucubano. Pixie compartiría la litera más baja con la pequeña Narci.

Esa noche soñó con su mamá. Dormía en el mueble de la sala cuando, de la nada, un hilo de aire se coló por la ventana y aterrizó en la boca de la señora Piper. Pixie le gritó para que despertara, pero solo logró que su madre respirara profundo y se tragara el aire. En ese momento Garm entró por la puerta. Llevaba una corona en su cabeza y un cetro largo de madera en la mano. Agarró a su mamá y se fue volando hacia la noche nublada, riendo alocadamente.

Pixie despertó bañada en sudor y por poco se caía de la cama donde dormía. Temblaba. Aunque sabía que había sido un sueño, era exactamente lo que pasaría si ella fallaba. Le entró una nostalgia terrible por su hogar. Extrañaba los *muffins* de moras de su madre y el olor de su papá en las mañanas. Extrañaba que la arroparan y le dieran un beso de buenas noches. Hasta extrañaba el cantar de los coquíes; esas pequeñas ranas que cantaban su propio nombre durante la noche.

Una brisa fría entró por el portal en el piso. Pixie tembló y se arropó mejor con la sábana, pero jamás remplazaría un abrazo de su mamá. Comenzó a llorar suavemente, temerosa de jamás volver a poder disfrutar esas cosas, de jamás volver a casa o, peor, de regresar a una casa vacía y terminar desamparada y sola. La posibilidad de fracasar se tornó inminente. ¿Y si no llegaban al respiro a tiempo? ¿Si alguien los veía? ¿Qué tal si los atrapaban y la obligaban a decir dónde estaba su mamá?

¡Estaba histérica! «Soy solo una niña», pensó. «¡No me lo pueden echar todo encima!». Las lágrimas comenzaron a fluir nuevamente. La desesperanza que sentía era apabullante. Rogó por poder dormir algo, lo que fuera, con tal de ponerle fin al terror que la dominaba. Pero no ocurrió, y con cada momento se cuestionaba si no sería mejor regresar a su casa y escaparse con sus papás; cancelar la misión y largarse de la isla de Dahna para siempre, justo como lo había hecho su madre hacía años.

17

Complicaciones inesperadas

Pixie estaba sentada a la mesa con los ojos hinchados; se veía como si un camión le hubiera pasado por encima.

—¿Y a ti qué te pasó? —Meni le preguntó con cara fea.

—¡Nada! —gruñó Pixie—. Quiero desayunar y salir de esto de una vez por todas.

—Perdón —dijo Meni con tono exagerado—. No sabía que no eras una persona mañanera.

Pixie lo miró tan mal que Meni se sentó y no dijo ni una sola palabra hasta terminar el desayuno. Ella desayunó igual de callada, esparciendo su humor a lo largo de toda la mesa hasta que todo el mundo masticaba en silencio mortal. Al terminar, Pixie se sentía un poco mejor, pero para entonces, los *waffles* de cempasúchil y el jugo de flores se habían mezclado con su falta de sueño y en realidad estaba peor que en la noche anterior. Sin embargo, había resuelto ir. La idea de escaparse había sido estúpida. Logró dormir suficiente como para tener algo de cordura y darse cuenta de eso, pero el terror seguía ahí, y mientras más esperaba, peor se ponía. El nudo en su estómago apretaba con el paso de cada segundo, así que Pixie se resignó a salir de la misión lo más rápido posible. Quizá de esa manera tenían menos tiempo para fracasar.

Fueron rápidos. Llegaron al árbol real antes del amanecer y fueron directo a la oficina de Dalu, donde habían acordado encontrarse. Dalu aún no estaba allí, pero había dejado las mochilas de hoja listas desde la noche anterior. Estaban equipadas con sándwiches de pan de nube, valijas con agua y unas capas con hoyos para sus alas. Los planos del sistema de alcantarillado descansaban encima del escritorio con notas al margen. Se pusieron las capas y esperaron por Dalu.

Pasó una hora entera y todavía Dalu no llegaba. Ni siquiera había enviado un mensaje por abeja. Según el plan, ya debían estar encaminados. Pixie comenzó a dar vueltas en la oficina.

—Quizá durmió demasiado —sugirió Meni—. Debemos ir a buscarlo. ¿Dónde vive?

—No sé. Siempre es él quien viene al jardín —dijo Pixie, dándose cuenta de que realmente conocía muy poco sobre Dalu. Lo pensó por un buen rato y logró llegar a una sola conclusión—. Le preguntamos a Ceres. Ella fue quien planificó todo. Va a estar muy furiosa cuando se entere de que Dalu está tarde. Todo estaba fríamente calculado.

Ceres aún desayunaba en su jardín cuando Pixie y Meni entraron corriendo por la puerta de musgo. Tal como Pixie predijo, se enfureció con la desaparición de Dalu y envió a varios sirvientes a buscarlo. Le parecía muy extraño que estuviera tarde, ya que Dalu era muy perfeccionista cuando se trataba de su trabajo. A Pixie le pareció notar preocupación en el tono de su abuela, lo que no le ayudaba a calmar sus nervios, que ya estaban de punta.

Una hora después, los guardias de seguridad encontraron a Dalu en la sección de Criaturas Acuáticas de la biblioteca. Yacía inconsciente en el piso, aún con su bata y sus pantuflas. El doctor Roble, un gnomo con sombrero rojo y espejuelos gruesos que se resbalaban continuamente por su nariz, inspeccionaba el brazo de Dalu.

—¿Qué le pasó? —Pixie preguntó horrorizada. Aunque podía notar que aún respiraba, Dalu se veía demasiado pálido y tenía un leve verdor en su rostro.

—Me temo que a Dalu lo mordió una aguaviva dormilona —declaró el gnomo acomodando su larga barba blanca dentro de su gabán verde.

—Una aguaviva dormilona, doctor, ¿cómo es eso posible? —preguntó la reina con la cara torcida.

—¿Ves esa tablilla con especímenes? —dijo el doctor Roble señalando el librero junto a Dalu—. ¿Y el envase con la aguaviva dormilona justo al lado del decapulpo de un solo ojo? Lo encontramos medio abierto, y la aguaviva estaba en el piso al lado de Dalu. No es extraño que estas criaturas guarden algo de su veneno luego de muertas. ¿Ve ahí? Ahí está la herida, debajo de su brazo izquierdo.

Levantó el brazo de Dalu y le retiró la manga de la bata. Tenía tres marcas largas cerca de su codo, que ya comenzaban a burbujear.

—¿Existe algún antídoto, doctor? —preguntó Meni mientras estudiaba las marcas con detenimiento.

—Me temo que no —contestó el gnomo enfocando sus ojos en los niños—. Una vez se contamina, la víctima dormirá por las próximas quince a veinticuatro horas. Nada lo puede despertar, ni siquiera fuego ni hielo. Pero tan pronto pase el efecto, estará muy bien, así que en realidad no hay nada de qué preocuparse.

—¿Nada de qué preocuparse? —exclamó Pixie golpeándose los muslos con las manos—. ¿Qué vamos a hacer? No podemos ir sin Dalu.

Ceres se despidió del doctor Roble antes de voltearse hacia Meni y Pixie.

—Escúchenme bien, chicos, —dijo mirándolos fijamente. Sus ojos azules reflejaban una tristeza similar a cuando hablaba de Delmes, la madre de Pixie—. Sé que esto es un incidente muy desafortunado, pero es la única oportunidad que tenemos. Si Garm suelta el respiro de tu madre esta noche y no están allí, todo estará perdido. Van a tener que ir a la misión sin Dalu.

—Pero... —comenzó a protestar Pixie.

Meni le agarró los hombros y la volteó para que lo mirara.

—Pixie, tenemos que ir —le dijo en un tono grave que Pixie nunca había escuchado—. No podemos permitir que Garm encuentre a tu mamá. Es tu familia.

—Pero ¿y Dalu? —preguntó Pixie mientras miraba el lugar donde había estado Dalu hacía unos minutos.

—Pixie —dijo la reina arrodillándose y mirándola a los ojos—, no creo que lo que le pasó a Dalu fuera un accidente.

—¿Qué quieres decir con eso? —Pixie le preguntó mirando hacia el piso como si fuera una zombi.

—Las aguavivas muertas no se salen solas de un envase y pican a la gente —dijo—. Y si Dalu hubiese metido la mano en el envase, su herida hubiese sido en la mano, no en el brazo. ¿Me sigues?

—¡Sí! —dijo Meni con emoción—. ¿Y acaso el envase no estaría en el piso también?

—Muy probablemente —respondió la reina asintiendo con la cabeza.

—Así que alguien le tuvo que haber colocado la dormilona a Dalu —continuó Meni.

—Exacto —dijo la reina.

—Pero ¿quién? —preguntó Pixie dudosa de si podía manejar todo esto al momento. ¿Por qué alguien habría querido lastimar a Dalu?

—No lo sé. Supongo que alguno de los espías de Hela —dijo Ceres—. Tuve mis sospechas desde que me indicaron que Dalu no aparecía. Pero no se preocupen, cuando lo mandé a buscar, también ordené que se sellaran todas las salidas. El espía no llegará lejos. Pronto atraparemos a quien sea responsable y lo puparemos por cien años —les reafirmó.

—¿Qué quiere decir «puparemos»? —preguntó Pixie, pasando un poco de trabajo con la palabra.

—Es la cárcel de las hadas —explicó Ceres—. Las hadas malas quedan encerradas en una crisálida, o pupa, durante su castigo. La crisálida es un capullo como el que hacen las mariposas antes de tener sus alas. Mientras un hada está pupada, no se pueden mover ni recibir visitas. Lo único que puede hacer es pensar en sus fechorías.

—¿Y cuando salen son buenas? —indagó Pixie.

—Algunas —suspiró Ceres—. Otras, me temo que nunca se tornan buenas. Cuando regreses te puedo explicar mejor. Por ahora, deben apresurarse. La luna nueva es en apenas unas horas.

18

Más complicaciones inesperadas

La reina verificó todo su equipo y los escoltó hasta la cima del árbol real, donde se ubicaba la estación principal de arcoíris.

—Meni —dijo Ceres cuando llegaron al terminal—, deben tomar el expreso de la montaña. Los llevará directo a la falda del volcán. De ahí sigan el camino por el valle manteniendo la montaña a su izquierda hasta llegar al túnel. ¿Tienes alguna pregunta?

—No, su majestad. Sé lo que tenemos que hacer —respondió Meni inclinando la cabeza levemente en deferencia. Se veía tan seguro de sí mismo que Pixie se preguntó si ella era la única que estaba verdaderamente asustada.

—Bien. Aquí tienen dos monedas de oro para el arcoíris.

La reina le entregó a Meni un par de monedas doradas. En un lado llevaban un escudo con una cruz en el centro y en cada punta de la cruz, las letras de los cuatro puntos cardinales. Cada sección tenía una ilustración representativa de uno de los cuatro elementos: tierra, aire, fuego y agua. Era el escudo de la Corte Seelie. El otro lado de las monedas tenía una ilustración del árbol real.

—¿Montar un arcoíris cuesta una moneda de oro? —preguntó Pixie sorprendida.

—Ya verás —dijo Meni con sonrisa pícara.

La reina miró a Meni algo seria y luego se dirigió a Pixie.

—Cuídense el uno al otro y manténganse juntos —dijo.

Pixie no estaba segura, pero pudo haber jurado que la voz de su abuela temblaba. Es algo muy extraño escuchar la voz de una reina quebrantarse. Te das cuenta de que realmente son personas como todos los demás. Sin embargo, la vulnerabilidad repentina de Ceres hizo que Pixie se pusiera muy nerviosa. Agarró la mano de Meni y la apretó con fuerza. Se sentía fría y empapada en sudor. Meni le devolvió el apretón con aun más fuerza. Quizá estaba igual de asustado que ella. Aunque realmente no importaba. Tendrían que depender el uno del otro, dejar a un lado los temores y confiar en sus instintos.

Sin mirar atrás, Pixie haló a Meni hasta la ventanilla de información. Un hada flaca de pelo anaranjado le hablaba a una hoja con forma de cono. No prestó ninguna atención a Pixie ni a Meni y continuó su conversación unilateral mientras limaba sus uñas meticulosamente.

—Con permiso —dijo Meni—, ¿cuál puerta de salida para tomar el expreso de la montaña?

El hada de pelo naranja frisó las manos y subió la mirada hacia Meni. Luego, con los ojos en blanco, señaló hacia un letrero grande a unos dos pies de distancia. Todas las salidas estaban enumeradas con sus destinos finales. El expreso de la montaña salía de la puerta número cinco al final de la sección norte.

Pasaron por varios carritos con frutas, flores,

joyería de caracoles y todo tipo de objeto que podría interesar a un hada mientras viaja. Al lado de la salida, había una fuente de agua fresca que salía directamente del piso. Pararon para tomar un poco y refrescarse la cara. Pixie jamás había probado un agua así. Sabía deliciosa: fría y fresca y con un leve dulzor, definitivamente mucho más refrescante que cualquier bebida hidratante de su mundo.

La puerta de salida estaba dividida en doce puestos, cada uno con barras movedizas y un agujero para monedas. Pixie echó su moneda y empujó la barra hacia el frente hasta que cedió y pudo pasar. Un duende con barba roja y sombrero de copa verde les dio la bienvenida y los dirigió hacia un par de asientos alineados en la fila amarilla del arcoíris.

—Abróchense los cinturones —dijo el duende, cuyo diente dorado brillaba al sonreír—. Es el botón azul en el reposabrazos.

Pixie apretó el botón y una cinta plateada se desplegó de un lado a otro, ajustándose a su cintura.

—¿Listos? —preguntó el duende.

Meni asintió con la cabeza, y sin aviso, los asientos despegaron, deslizándose por el camino amarillo. Iban muy rápido, pero ocasionalmente podían observar partes de la playa o de la guardería en la distancia. Entonces el arcoíris comenzó a bajar en espiral, adquiriendo velocidad. Los colores se separaron. El amarillo se desvió hacia la izquierda, rodeando el tronco de un árbol, hasta anivelarse y aterrizar suavemente en la grama. Las demás filas de colores se separaban formando un semicírculo alrededor de un gran caldero negro colocado justo debajo de una rama hueca de donde caían monedas de oro dentro del caldero. Un duende con zapatos de hebilla y gabán verde contaba las monedas parado en una plataforma al borde del caldero. Le pasaron por el lado hasta llegar a un claro del bosque.

—¿Así que verdaderamente hay un caldero lleno de oro al final del arcoíris? —dijo Pixie volteando la mirada hacia el duende.

—Sí —contestó Meni sonriente mientras le tomaba la mano y la alejaba de la salida.

El claro era pequeño y redondo. Solo unos pocos rayos de sol se colaban entre las copas de los árboles aledaños, iluminando el espacio en una cálida luz verde. En la raíz de un árbol, justo frente a ellos, había un letrero que leía: "Lagartijos taxi". Varios lagartijos equipados con sillas en el lomo esperaban su turno en fila. Una pequeña hada sin alas que llevaba un sombrero de orquídea se montó en el primer lagartijo, que arrancó rápidamente en dirección a un túnel cercano. Justo al otro lado de los taxis, un caracol gigante halaba una carreta llena de hadas infantiles. Meni les pasó por el lado y tomó un camino escondido tras un arbusto a la derecha.

El camino los llevó directo al borde del volcán. En cinco minutos llegaron a la alcantarilla. El suelo estaba blando y mojado. Sus pies se enterraban en el fango, lo cual dificultaba caminar, y la peste era casi insoportable. Habían avanzado apenas algunas yardas cuando se encontraron frente a un portón cerrado con varios tipos de candados. Meni empujó y pateó, pero el portón no se movía. Sin paso hacia adelante, estaban en un camino sin salida.

19

El decapulpo

—¿Y ahora qué hacemos? —preguntó Pixie frustrada.

—No sé. Busca en los planos. Quizá haya otro camino —dijo Meni.

Pero los planos eran claros. Solo había un tubo que llegaba hasta las afueras de la montaña, y estaban en él. Era la única entrada. Se sentó en una piedra junto a Pixie a mirar la baba que tenían en los pies. El piso entero estaba cubierto con el fango baboso, incluso debajo del portón.

—Podríamos cavar y pasar por debajo —dijo revisando el suelo.

—¿Cavar en esta asquerosidad? —dijo Pixie

frunciendo la cara.

–Sí. A menos que quieras esperar a que el portón se abra mágicamente –contestó irritado.

Comenzaron a remover el fango debajo del portón, pero estaba demasiado líquido y todo regresaba al hoyo, rellenándolo inmediatamente.

–No funciona –se quejó Pixie mientras intentaba una última vez.

Raspó con la mano el fondo de las barras de metal. Había un buen espacio entre el portón y el fondo del túnel pantanoso. Quizá podían arrastrarse por debajo, pero posiblemente tendrían que sumergirse en el fango para lograrlo.

No había razón para pensarlo dos veces. Respiró profundo, cerró los ojos y se lanzó a la baba apestosa, utilizando las manos para sentir el fondo del portón. Ahí estaba, justo sobre ella. Empujó con los pies, arrastrándose como culebra por el espacio, que aunque pequeño, logró pasar con poco esfuerzo. Meni la siguió y en pocos momentos, ambos estaban mojados, enfangados y helados, encaminándose hacia el castillo de hielo.

El tubo los llevó hasta una caverna amplia donde ubicaba un lago. El agua se veía negra y permanecía tan quieta que parecía estar congelada. Continuaron por un camino rocoso al borde de la derecha. En el lado opuesto de la caverna, Pixie notó una apertura circular por donde el tubo continuaba. Caminando cuidadosamente para no resbalar con el limo de las rocas, Meni llegó a la apertura primero. El interior estaba muy oscuro, así que Meni intentó batir sus alas para crear un poco de luz. No pasó nada. Sus alas estaban empanadas de fango seco por haber pasado debajo del portón y ahora, por más que trataba de batirlas, no producían nada de polvo.

Pixie intentó con las suyas, pero no dio resultado tampoco. El fango le hacía las alas tan pesadas que casi no podía moverlas. Entonces, en un momento de genialidad, se acercó al agua y sumergió las alas para enjuagarlas. El agua resultó no estar congelada, ¡pero sí estaba helada! Batió las alas con fuerza, dejando que el agua burbujeara entre las finas membranas. En poco tiempo, el líquido a su alrededor se iluminó con una luz violeta y dorada.

—¡Ugh! Creo que me acaba de nadar un pez por la pierna —dijo.

—No seas tan quejona, Pixie. Hace dos

minutos estabas embarrada de fango baboso –dijo Meni.

–Sigue siendo asqueroso –respondió, dando unos pasos para salir del agua.

De repente, algo le sujetó el tobillo. Haló con tal fuerza que Pixie se cayó de boca. Sintió que le apretaban la pierna y se la llevaban hacia el agua.

–¡Aaaah! –gritó.

Una bestia parecida a un pulpo, pero con un solo ojo, ocho tentáculos regulares y dos más con garras, la agarraba del tobillo mientras intentaba atacar a Meni. Sacudía a Pixie de lado a lado, causando que casi chocara contra la pared. Meni logró escapar, pero ahora el decapulpo tuerto se sumergía bajo el agua con su almuerzo fresco.

El agua burbujeaba mientras el animal gigante se sumergía bajo el líquido helado de la cueva, aún sacudiendo a Pixie de lado a lado. Ella intentó zafarse, pero el decapulpo la agarraba fuertemente y cada movimiento de ella solo lograba que apretara el agarre. La sacudía por todas partes y la pared de piedra parecía estar cada vez más peligrosamente cerca. En cualquier momento, una de esas sacudidas la dejaría enterrada entre las piedras filosas, y si no, la bestia se la llevaría bajo el agua y la ahogaría. Tenía que buscar la manera de zafarse.

Pixie notó que Meni sacó su arco y flechas. Cerró los ojos esperando que pudiera lastimar al animal, pero el decapulpo la tiró contra el agua helada y el ángulo del golpe le quemó la cara casi en carne viva. Un dolor atroz nació en su rostro y se esparció a lo largo de su espina dorsal hasta llegar a sus pies. Pixie logró respirar justo antes de volver a ser azotada contra el agua. Todo su lado izquierdo ardía como si tuviese una insolación. Con el rabo del ojo, logró tener una última imagen de Meni halando la cuerda del arco hasta el máximo y apuntando la flecha hacia el único ojo del animal. La flecha se disparó y cayó justo en el blanco. Pixie suspiró aliviada. El decapulpo seguramente la soltaría y pronto dejaría de apretar tan fuerte. Pero a medida que sentía que se hundía en el agua, el decapulpo apretaba los tentáculos. La bestia moribunda se rehusaba a soltar su última cena.

Tomó un último respiro muy profundo justo antes de que su cuerpo penetrara la superficie del agua. Con sus brazos y piernas, empujaba el tentáculo inútilmente. El decapulpo le estaba cortando la circulación. Pronto sus extremidades se sentían tan frías y dormidas que casi no podía moverlas. Su visión se tornó borrosa. La invadían imágenes fugaces de agua turbia y chupones de tentáculo a medida que perdía y recuperaba consciencia. Ya no sentía el frío quemante del lago helado ni la fuerza del tentáculo amarrado a su pierna. Logró una última vista al rostro de Meni, distorsionado por las ondas en el agua, antes de quedar completamente sumergida. «Fallé. He fracasado», pensó. Y entonces todo se volvió oscuro.

20

Belleza helada

Pixie despertó con el cálido resquemar de una buena bofetada. Estaba tirada al borde del lago con un pedazo de tentáculo aún amarrado a su pierna. Meni la observaba desde arriba, chorreando gotas heladas en su cara. Tenía un pequeño cuchillo cubierto con sangre amarilla en su mano derecha.

Pixie tosió, escupiendo agua tan fría que le adormeció la garganta y el pecho completo. Tuvo un momento de pánico cuando pensó que sus pulmones estaban paralizados, pero rápido recuperó el aliento.

–¿Estás bien? –Meni le preguntó, mirándola nuevamente como si fuera un doctor.

—Creo que sí. ¿Tú le cortaste el tentáculo a ese monstruo? – preguntó Pixie.

—Así es —asintió Meni.

—¡Gracias!

—Cuando quieras, Pixie. Para eso son los amigos —dijo—. Ahora vamos. No debemos estar muy lejos.

El túnel seguía por una línea sobria y recta, adentrándose en la profundidad del cráter. A medida que caminaban, el tubo se ensanchaba. El minúsculo riachuelo que se filtraba del lago era aquí un río llano de agua oscura, espesa y pegajosa, cuyo color verde-marrón no le parecía a Pixie tan diferente de la baba resbalosa de las alcantarillas en su país. El tubo continuaba hasta una piscina rectangular que recolectaba agua de varias tuberías más pequeñas. Al lado opuesto había una pared de ladrillo cubierta de limo negro.

Según las notas de Dalu, debían tomar el segundo pasillo hacia la izquierda. El camino los llevaría a un área de almacenamiento donde pensaban que podría estar el respiro. Allí podrían esconderse hasta que se liberara el respiro de la señora Piper. Pixie voló por encima de la piscina hacia la segunda entrada. Barras de metal que corrían de arriba a abajo impedían el paso. Verificó la próxima entrada y también tenía rejas. Es más, ¡todas las entradas tenían rejas!

—No entres en pánico —dijo Meni—. Tiene que haber alguna manera de llegar.

Verificaron la pared de ladrillos. A Meni se le ocurrió que podría haber una puerta o algunas escaleras para salir de esa recámara, pero no encontraron nada. La pared era de ladrillos sólidos. Pixie se recostó de ella, pero tenía tanto limo resbaloso que por poco se va de lado.

Todo les estaba saliendo mal. Primero una aguaviva dormilona atacaba Dalu de manera sospechosa, luego el decapulpo y ahora esto. Incluso si descubrían alguna manera de entrar al castillo, ¿cómo encontrarían la habitación donde estaba el respiro?

Recostó la cabeza de la pared, se pasó las manos por el pelo y respiró profundo. Entonces su mirada cayó sobre algo redondo que sobresalía del techo de la bóveda. Voló hasta el lugar. El brillo de sus alas iluminaba la bóveda completa y pudo notar que el objeto era una rueda de esas que cierran puertas herméticas. Tenía que llevar a algún lugar.

—Ven y ayúdame con esto, Meni. Creo que puede ser una salida —dijo.

Les dio trabajo, pero finalmente escucharon el chillido del metal mohoso cediendo hasta que la rueda comenzó a girar. Meni abrió la compuerta un poco para asomarse. No se veía nadie. Lo único que podía vislumbrar eran cortinas de terciopelo azul oscuro. Subió por la compuerta y luego ayudó a Pixie. Estaban en un pequeño espacio rodeado completamente por las cortinas. El piso era de hielo y no parecía haber puertas en ningún lugar, salvo la compuerta por donde acababan de subir.

—¿Dónde estamos? —preguntó Pixie. Su voz rebotaba en el hielo del piso, creando un poco de eco.

—Ni idea. Pero debe de haber una puerta o algo detrás de estas cortinas —dijo Meni. Caminó hacia ellas, buscando una apertura en la tela—. Sin duda estamos dentro del castillo —exclamó.

Las cortinas colgaban sobre una roca en el centro de una piscina natural donde nadaban pingüinos y cocodrilos. Un puente de hielo conectaba la roca con el resto de la sala. Era enorme, con columnas gigantes de hielo decoradas con animales acuáticos que trepaban hasta desaparecer bajo una niebla gruesa que permanecía cerca del techo. Una estalactita muy grande a la extrema izquierda quedaba iluminada desde el fondo y, como un prisma, disparaba cientos de arcoíris que se reflejaban en las paredes de hielo, inundando la recámara en colores.

Pixie abrió la cortina un poco más para poder ver mejor. Había un trono adornado con diamantes y zafiros. Como todo lo demás, estaba construido de hielo azul claro, pero a Pixie le pareció sumamente hermoso. No había nadie sentado en él. El salón estaba vacío. Negligentemente, Pixie salió de su escondite, trayendo a Meni consigo.

—Espera un momento, Pixie —susurró Meni—. Puede haber alguien que no hemos visto.

—No hay nadie —insistió Pixie. Meni comenzaba a recordarle a su madre con tantas preocupaciones—. Vamos. Tienes que ver esto. ¡Es hermoso!

–Gracias. Me alegro de que te guste –dijo una voz escalofriante a sus espaldas.

19

Hela Dafría

La voz helada estremeció a Pixie. Cada poro de su
piel reaccionó a la terrible voz como si la
recordara. Se volteó y encontró a Hela Dafría
sonriendo viciosamente entre un par de labios
azules que salivaban ante su próxima presa. Pixie
quedó paralizada. La miró a los ojos glaciales y
descubrió que no podía desviar su mirada. Hela
era hermosa y horrible a la vez. Alta y delgada
como la mayoría de las hadas que Pixie había visto
hasta el momento, salvo que su piel era
completamente blanca y algo desteñida, como si
estuviera borrosa, y no tenía alas. En su mano
llevaba un cetro hecho de hielo con la punta
redondeada. Su cabello era largo y azul, con

destellos plateados que caían libremente sobre sus hombros. En la punta de cada pelo, tenía extensiones de témpanos de hielo diminutos que sonaban como campanitas al chocar entre si. El único adorno que llevaba era una delicada corona hecha de copos de nieve gigantes. Desde la distancia, era deslumbrante, pero al reír abría la boca, un espacio horripilante hecho del hielo más duro del mundo. Todo, hasta sus dientes cónicos, brillaba en azul. Si te le acercabas, podías ver tu propia mirada de terror reflejada una docena de veces en su boca. No era una vista para los débiles de corazón. Podía dejar sin aliento a cualquiera.

–¡Ah! –gritó Pixie. Un dolor frío e intenso le subió por el brazo hasta el hombro. Hela había envuelto sus largos dedos alrededor de su muñeca, enterrándole sus uñas heladas en la piel. El brazo completo se le adormeció y no lograba escaparse.

–¡Suéltame! –le gritó.

Pero Hela continuaba sonriéndole como si Pixie fuera el churrasco que estaba a punto de comerse. Su piel blanca reflejaba los colores de la estalactita prisma, otorgándole un color extraño que contrastaba fuertemente con el azul intenso de su cabello. Meni se preparó para abalanzarse sobre Hela, pero ella levantó la mano con los dedos hacia arriba y la palma de frente. El cuarto se llenó de neblina y cuando finalmente se disipó, Meni estaba literalmente congelado en posición, cubierto con una fina capa de hielo. Pixie gritó. Podía ver que los ojos de Meni se movían debajo de la estatua helada que ahora era su cuerpo.

—¿Qué le hiciste? ¡Libéralo, por favor! —le rogó a Hela.

—¿Y dejar que arruine mis planes? Por favor. Eso sería ridículo —dijo dejando escapar una risa maléfica como el sonido de un cuervo, mientras su boca reflejaba la oscuridad del techo.

—Tu plan ya está arruinado —dijo Pixie triunfal—. Estoy aquí, ¿no? Cuando suelten el respiro me va a encontrar a mí y no a mi madre.

Hela se rió fría y sin cuidado, como quien no tiene preocupaciones.

—Qué boba la pequeña Pixie Piper. ¿Crees que es pura coincidencia que te haya atrapado? Dime, ¿cómo es que se supone que obligue a tu madre a casarse con mi hijo? ¿La amenazo con la muerte? Seguramente prefiera morir a someterse. Hubiese sido infructuoso exigir sin nada con qué negociar.

Por supuesto, cuando mis espías me informaron de tu existencia, la pieza final del rompecabezas cayó en su sitio. Ahora que estás aquí, tengo justo lo que necesito para convencer a tu madre de contraer el matrimonio adecuado. Después de todo, jamás pondría a su preciada hija en peligro, ¿no crees?

Volvió a sonreír batiendo los ojos de forma coqueta, como en un cumplido hipócrita. Entonces su rostro se volvió como hielo y su sonrisa se transformó en desdeño vicioso. El hada maléfica de hielo soltó un silbido agudo y, en cuestión de segundos, la recámara estaba repleta de soldados, la mayoría hadas sin alas, aunque Pixie también pudo identificar los monstruos abominables de la nieve que Dalu había mencionado. Fácilmente medían unos veinte pies de alto, puesto que sus cabezas casi no se podían ver bajo la niebla gruesa que se acumulaba cerca del techo. Estaban cubiertos de pies a cabeza con una larga lana blanca. Pixie se preguntaba como podían ver con tanto pelo y neblina.

En la realidad las criaturas abominables de la nieve, o yetis, no ven. Sus ojos solo captan sombras y siluetas. No es como que hay mucho para ver en la cima de una montaña cubierta de nieve. En su lugar, los yetis se movilizan utilizando su agudo sentido del olfato. Supuestamente mejores que las de cualquier sabueso, sus narices pueden detectar una raíz germinando varios pies bajo la tierra o nieve. Son vegetarianos y por lo general de lo más mansos, pero con entrenamiento y la motivación adecuada, se les puede convertir en asesinos.

—Llévenlos al salón de los tesoros —dijo Hela—. Es hora de liberar el respiro.

Dos de los soldados levantaron sobre sus cabezas la estatua congelada de Meni. Hela le pasó el brazo adormecido de Pixie a otro par de soldados y se la llevaron de la sala del trono, a través de los pasillos helados del castillo de Hela Dafría.

El salón de los tesoros era una bóveda enorme cerca de la torre de vigilancia, donde Hela guardaba los trofeos de la niñez de Garm y todo tipo de curiosidades que había coleccionado durante sus viajes. Los colocaron justo al lado de una columna de hielo con una culebra tallada a su alrededor. Pixie notó un envase de cristal con el nombre de su madre y una especie de humo dorado adentro. Seguramente era el respiro. No todo estaba perdido. Aún podía respirarlo.

En ese momento, Hela entró por la puerta, caminó hacia los chicos y movió sus brazos de manera extraña. De repente, una fina capa de hielo comenzó a materializarse desde el suelo, encapsulando a Pixie y a Meni junto a la columna. Estaban atrapados herméticamente. Así Pixie no podría interceptar el respiro. Golpeó el hielo con sus puños, pero era demasiado duro. Miró hacia Meni desesperada, como si él de alguna manera pudiera ayudarla, pero sus ojos ya estaban cerrados.

—¡Meni! ¡Despierta! —gritó sacudiéndolo. Pero fue inútil. Estaba ido. Congelado.

22
El poder de Meni

Pixie sintió sus últimas esperanzas desaparecer a medida los ojos de Meni se rehusaban a abrirse. Su amigo, su único amigo hada, y Hela lo destruyó con una sola mano. Batió los puños contra el hielo, gritando todos los insultos que conocía. Nadie prestó atención. Todos miraban a alguien que acababa de entrar al salón.

Un hada impresionante y sin alas caminaba hacia ella. Era alto y musculoso, con la quijada cuadrada y una sonrisa radiante. Su cabello era negro como la noche y sus ojos, un tono oscuro de violeta. Pixie supuso que era Garm, excepto que realmente no le parecía malvado. Incluso, le pareció de lo más guapo y se preguntó por qué su madre nunca lo quiso.

Se recostó de la jaula mirando a Pixie.

—¿Así que esta es la mocosa mestiza de Delmes? —dijo con desdén—. No es la gran cosa, ¿verdad, mamá? El papá debe de ser algo terrible. ¿Y quién es esta hermosa escultura de hielo? —dijo mirando a Meni—. Madre, te has esmerado. ¡Mira! Ya entró en estado hipotérmico. No hay forma de saber cuánto tiempo puede durar así. —Sonrió. Fue una sonrisa maliciosa exclusiva para Pixie—. ¿Sabes, Pixie? Cuando sus párpados se tornen grises, ahí es que sabrás que finalmente se murió. —Sus palabras eran pura maldad.

Sintió un calor fugaz subir por su estómago hasta que pensó que estallaría. Le dio con tanta fuerza a la jaula de hielo que tembló completa, mas, sin embargo, no se agrietó ni se afectó de ninguna manera. Garm se rió muy satisfecho. Ahora podía entender perfectamente por qué su madre hubiese querido huir. El tipo era como una peste a podrido en el medio de un jardín florido: arruinaba toda la experiencia.

—Ahora bien, encontremos a tu madre. ¿Qué

te parece, Pixie? —dijo alejándose.

Caminó hacia el envase y se le paró de frente. Hela removió la tapa y Pixie pudo ver horrorizada cómo el respiro dorado se elevó y voló hacia el pasillo. Garm y los demás siguieron el respiro, dejando a Pixie sola.

Se sentía morir. Todo estaba arruinado. Había fracasado. Su amigo estaba muerto. Encontrarían a su madre y todos serían sacrificados. Echó sus brazos sobre la figura helada de Meni y comenzó a llorar. Lágrimas calientes y saladas se escurrían por sus mejillas hasta los hombros de Meni. Sintió un alivio extraño, como si de alguna manera Meni pudiera percibirla y le aseguraba que todo estaría bien.

De repente, el cuerpo de Meni comenzó a emanar vapor. Pixie se alejó asustada. El vapor llenaba la jaula, convirtiéndola en un pequeño sauna. Se escuchó un crujido estrepitoso. Un pedazo grande de hielo cayó del pecho de Meni. Siguieron más crujidos y Pixie notó que las alas de Meni se habían descongelado. ¡Sus lágrimas derretían el hielo! En poco tiempo, Meni quedó de pie en medio de un charco, temblando de pies a cabeza con un color gris claro. Pixie le dio un apretón. Estaba vivo. ¡Su amigo seguía vivo! Quizá aún había esperanzas. Entonces sintió un par de manos heladas abrazarla.

—G... gr... gracias —dijo Meni, aún algo congelado—. ¿Cuánto tiempo estuve ido?

—Suficiente como para traerle una sonrisa al señor y la señora Frío —Pixie le dijo—. Apuesto a que están pensando dónde colocar su nueva estatua. —Le permitió recalentarse un corto tiempo, pero no podían tardarse demasiado. Había que avanzar—. Meni, ya liberaron el respiro de mami. Hay que intentar alcanzarlo. No tenemos mucho tiempo.

Meni asintió en silencio e intentó levantarse, pero estaba tan tembloroso que ni gatear podía. Dobló sus alas hacia al frente, estirándolas para arroparse la cabeza y el pecho hasta quedar completamente cubierto como un capullo. Comenzó a brillar, aumentando gradualmente la intensidad. Entonces, estalló en luz dorada. Pixie sintió un calor agradable en su rostro y torso, pero la luz la había cegado completamente. Cuando Meni atenuó su brillo y Pixie recuperó la vista, Meni había regresado a su color natural, con sus cachetes algo sonrojados.

—¿Qué es lo que acabas de hacer? —preguntó Pixie.

—Me sané yo mismo —dijo Meni—. Solo algo que descubrí que era capaz de hacer. Es todo.

—¿Es todo? Me pareció bastante espectacular. ¿Por qué no me enseñaste a hacer eso? —preguntó.

—No sé si lo puedas hacer —respondió Meni—. Ninguno de mis amigos puede. Los pone nerviosos, así que trato de no hacerlo frente a ellos.

—Pero todo se sentía tan calientito —dijo Pixie—. No veo por qué alguien se molestaría.

—Es que es muy raro ser el único que puede hacerlo —explicó.

—¡*Wow*! —exclamó Pixie—. Donde yo vivo, los niños que son los únicos que pueden hacer algo en particular se la pasan luciéndose. Puede ser fastidioso. Mi mamá dice que uno debe ser humilde con sus talentos, pero nunca avergonzarse de ellos.

—¿No piensas que lo que puedo hacer es extraño? —Meni le preguntó.

—¿Estás bromeando? Ojalá pudiera arreglarme yo misma cada vez que me da un ataque de asma.

No me perdería nunca nada, y de seguro mis amigos estarían todos pidiendo que les cure los golpes y las caídas. Además, soy mestiza. Extraña es parte de mi descripción —sonrió Pixie.

—Supongo que tienes un punto —dijo Meni—. Pero, olvídate de eso por ahora, tenemos que salir de esta jaula. ¿Dijiste que se sintió caliente cuando hice el capullo? —preguntó.

—Sí. Muy acogedor, como si estuviera frente a una chimenea.

—Pues ven —dijo acercándola hacia él.

Envolvió sus alas alrededor de ambos, asegurando que todo estuviera sellado y entonces, sin ningún tipo de movimiento, sus alas estallaron en luz. Sus cuerpos comenzaron a brillar intensamente. Pixie cerró los ojos. La luz era muy intensa y no podía ver nada, pero sentía una extraña consciencia de su propio cuerpo. Podía sentir la sangre corriendo desde su corazón a través de su cuerpo como si de alguna manera estuviera conectada a la luz de Meni. Cada respiro la llenaba de energía. Podía sentir el aire mientras lo absorbían sus pulmones y lo transportaban en la sangre hasta llegar a cada célula de su cuerpo;

pequeños impulsos eléctricos que transcurrían por su espina dorsal, ordenando a sus piernas moverse o a sus manos cerrar el puño.

Finalmente, Meni abrió sus alas y la soltó. El brillo se apagó y el aire en la jaula se tornó más fresco. Algo frío cayó sobre la cabeza de Pixie y se deslizó entre sus cabellos hasta llegar a la piel. Una sensación de alfileres le recorrió la cabeza. Al mirar hacia arriba, notó las gotas de hielo derretido que chorreaban por las paredes hasta formar un charco de agua helada en el piso. ¡La jaula se derretía!

—¡Rápido, golpea las paredes! —exclamó Meni.

Les dieron puños, patadas y empujones. Pixie hasta se quitó un zapato y lo tiró contra la pared. Luego de un rato, en el hielo se abrió una grieta que crecía con cada golpe. Al final, Meni logró dar una buena patada y la jaula completa se desmoronó en miles de pedazos. Estaban libres.

23

Atrapar un respiro

—¿Viste en qué dirección se fueron? —Meni preguntó cuando por fin estaban fuera de la jaula.

—Se fueron por allá —indicó Pixie señalando hacia un portal arqueado en la pared trasera.

Se movilizaron esquivando los objetos del salón. Pixie jamás había visto tantas cosas inútiles en un mismo lugar. Le recordaba un poco a la marquesina de su casa, donde su madre guardaba cuanta cosa pensaba que podría utilizar en el futuro. Las paredes tenían tablillas con todo tipo de estatuillas, libros y pequeñas cajas de hielo. En el suelo, mesas, baúles y estatuas de tamaño real les impedían el paso, así que caminaban en zigzag. Al llegar al portal, no había ningún rastro del respiro, de Hela ni de Garm. El pasillo era un reguero de puertas que llevaban a cuartos con más puertas, que a su vez llevaban a más puertas y así sucesivamente.

—¡La torre! —dijo Meni deteniéndose en el camino.

—¿Qué cosa?

—Si subimos a la torre, tendremos una vista del cráter completo y así podemos ver hacia dónde se dirige el respiro —explicó Meni.

—Tremenda idea, pero ¿cómo llegamos a la torre? —Pixie preguntó.

—Tiene que haber escaleras por algún lugar —dijo Meni.

—Sí, pero ¿dó...? ¡Espera! —dijo Pixie de repente—. Recuerdo unas escaleras en espiral cuando nos dirigíamos al cuarto de los tesoros. Debemos regresar allí y salir por la salida opuesta. Creo que no estaban tan lejos.

—¿Estás segura, Pixie? ¿No habías dicho que se dirigieron en esta dirección? —dijo apuntando hacia el lado opuesto del pasillo.

—Sí, Hela y Garm se fueron por aquí, pero las escaleras que yo vi son por acá. Estoy segura —le dijo.

Tenía razón. Encontraron las escaleras justo afuera del salón de los tesoros. Era sumamente larga, así que no podían apreciar el final. El techo era demasiado bajo para poder volar, pero al menos los conducía hacia arriba y les ofrecía la posibilidad de una plataforma abierta o ventana por donde podrían escapar.

—¿Podrías dejar de pisarme las alas? —se quejó Meni.

—Retráelas, las estás arrastrando por todas partes —Pixie contestó molesta.

La ansiedad comenzaba a dominarla y su mochila se hacía más pesada con cada paso que daba. La cambió de un hombro a otro, pero no lo resolvió. Si no llegaban a la cima pronto, sus piernas seguramente fallarían. En la próxima curva encontraron una plataforma. Pixie utilizó sus brazos para subirse y arrastrarse, evitando los últimos dos escalones, y al final se tiró en el piso, jadeando.

La torre estaba construida al suroeste de la boca del volcán. Se podía ver todo el lago hacia un lado y hasta la playa por el otro. Era literalmente el punto más alto de Dahna. Hasta el aire se sentía más ligero. ¡La vista era espectacular! Pixie se preguntó por qué Hela no había construido el castillo completo allí en la cima en lugar de abajo, en el cráter. Hubiese sido un lugar mucho más agradable, pero por supuesto, Hela Dafría jamás construiría su castillo en un lugar tan expuesto a ataques. Siempre sería una posibilidad, ya que quienes hacen el mal tienden a tener muchos enemigos. La vida es así tanto para humanos como para otras especies.

—No veo a nadie allá abajo —dijo Meni escudriñando la superficie desde arriba—. Quizá el respiro aún no ha salido del edificio.

Justo cuando Pixie se asomó, un humo dorado salió por una rejilla en el centro del cráter. Dio varias vueltas y espirales, y finalmente encontró su curso y comenzó a elevarse. Un grupo de figuras oscuras lo perseguían. Una de ellas tenía el cabello azul. Pronto el respiro volaba demasiado alto como para que Hela y Garm lo siguieran a pie, y ninguno de los dos tenía alas. Esta era su oportunidad. Saltó de la torre en picada hacia el centro del volcán. No pasó mucho tiempo antes de que el equipo de Hela la vislumbrara, pues dejaba un rastro violeta y dorado como ningún otro. Pixie vio a un yeti lanzar algo en su dirección, algo enrollado y completamente blanco salvo por un par de ojos rojos. Voló hacia arriba justo a tiempo para esquivar el par de colmillos largos que intentaban morder su pierna. Al caer al suelo, la culebra de hielo era casi invisible en la superficie congelada del lago. Una tormenta de más serpientes y piedras la asechó, pero pudo volar sobre ellas y enfocarse en el respiro que era su meta final.

Estaba a unos pocos pies del respiro cuando, de repente, el humo paró a medio vuelo. Giró varias veces en el mismo lugar, inclinándose en cada dirección como intentando detectar algún olor. Finalmente, comenzó a volar directamente hacia Pixie. Ella se inclinó hacia adelante para aumentar la velocidad y encontrarse con el respiro a mitad de camino, pero un rayo se les interpuso.

Garm volaba parado sobre una nube gris que controlaba con riendas como de caballo. Cada vez que golpeaba la nube con el pie, disparaba un rayo. Pixie cambió de dirección y esquivó el golpe. El respiro continuaba volando en su dirección, pero ahora también la perseguían las flechas eléctricas de la nube de Garm. Estaba a apenas un brazo de distancia. Solo unos batidos más de sus alas y lo alcanzaba.

De repente, una sombra la cubrió. Garm estaba justo sobre ella con su pierna elevada, listo para patear la nube. Pixie cerró los ojos y rogó por velocidad. Al abrirlos, estaba justo frente al respiro. El humo dorado hizo algunos espirales frente a ella y voló hacia adentro de su nariz. Una sensación cálida y agradable inundó su cuerpo como si estuviera segura entre los brazos de su madre. ¡Lo logró! ¡Había atrapado el respiro! En su emoción, no pudo escuchar las advertencias de Meni ni notar el destello de luz que anunciaba el rayo que venía a sus espaldas. Sintió algo punzarla entre las alas. Escuchó el chisporroteo de piel quemándose, y luego comenzó a convulsar. Las alas se le trincaron y no las podía mover. Con las primeras señales de caída libre, perdió la consciencia. Lo último que escuchó fue la risa cruel de Garm, cuya figura se achicaba a medida que Pixie iba cayendo.

24

Sueños helados hechos realidad

Pixie despertó en el cuarto del trono con un terrible dolor de cabeza, mientras Hela le echaba agua helada. Con un cubo en la mano y los labios tan apretados que solo se podía apreciar una fina raya que agrietaba el blanco de su rostro, el hada de hielo le lanzó una mirada asesina. Pixie intentó moverse y salir volando, pero tenía las manos y los pies atados a la pared con unas cadenas de hielo, y sus alas estaban pegadas gracias al agua que se le había congelado encima.

—Adelante —dijo Hela con gozo—. Intenta salirte de esto. Con suerte te arrancas las alas. Y te lo mereces. Tu amigo por poco mata a mi Garm, —dijo con desdén, y le tiró una flecha sangrienta a los pies. Era una de las de Meni. Pixie estaba segura. Quizá había logrado escaparse.

—¿Dónde está? ¿Qué has hecho con él? —Pixie le exigió.

—Eso a ti no te incumbe. Ahora mismo, yo soy tu problema principal. Me has puesto en una posición muy difícil, Pixie. Yo tenía un plan muy sencillo. La violencia casi no tenía un rol, pero ahora parece que me obligas a utilizarla en tu contra. Casi me pone triste. Sin embargo, SÍ voy a conseguir lo que quiero y no importa lo que tenga que hacer para conseguirlo. ¿Entiendes? —le dijo colocando su cara a medio milímetro de la de Pixie.

—¿Qué es lo que quieres? —gritó Pixie.

—Quiero que me digas dónde vives. Es todo. Sólo necesito tu dirección.

—¡Que no! —dijo Pixie rápidamente. Sabía lo que pasaría si Hela encontraba a su mamá.

—Entonces, no hay más opción.

La reina de invierno colocó sus manos pálidas sobre el rostro de Pixie. Estaban tan frías que parecían estar hechas de hielo. Pixie intentó virar la cara, pero Hela la apretó más fuerte. No le permitía mover su cabeza en lo absoluto. Inhaló profundo, cerró los ojos y le respiró encima a Pixie.

El aire helado entró por su cuerpo congelándole los pulmones hasta que le ardieron. No podía respirar. No se podía mover. Su pecho se rehusaba a cooperar sin importar cuántas veces le ordenó que respirara. Los segundos se hacían eternos mientras le robaban el poco aliento que le quedaba. Entonces sintió que las costillas se les enterraban en los pulmones y comenzó a toser. Su cuerpo se inclinó hacia delante y expulsó una masa de flema que cayó al lado del pie descalzo de Hela. Complacida, la reina de hielo sonrió con más alegría. Cuando el ataque de tos finalmente concluyó, Pixie se sentía como si hubiera corrido un maratón. Con cada respiro podía escuchar un silbido muy familiar rebotando por las paredes.

–¿Qué te pasa, Pixie? ¿No puedes respirar? –preguntó Hela con un tono burlón–. ¿Lo ves? La sangre humana es inferior a la de las hadas. Jamás se deberían mezclar. Ahora, ¿me vas a dar la dirección?

Hela se veía un poco más tranquila ahora, como si estuviera segura de su triunfo.

—Jamás, —dijo Pixie mirándola a los ojos.

El rostro de Hela se oscureció, tornándose un color grisáceo como los huesos. Tomó un paso hacia atrás y levantó la mano, lista para disparar, pero en su lugar, cerró el puño, enterrándose las uñas en la mano. Con mirada amenazante, volvió a respirar profundo, aguantando la respiración por un segundo antes de exhalar. De su boca salió una neblina densa con partículas diminutas de hielo. Pixie sintió que el aire le raspaba la nariz mientras entraba a su cuerpo. Sus pulmones ya no sentían quemazón, sino puro dolor. El silbido rebotaba de las paredes con un ritmo bastante rápido a medida que se le dificultaba más respirar. Cada vez que inhalaba, el silbido era más fuerte y entraba menos aire a sus pulmones. Estaba teniendo un ataque de asma y no había nada que pudiera hacer. Comenzó a respirar aun más rápido. El pánico le subía por el pecho hasta la cabeza. De repente, el silbido se detuvo. No entraba más aire en sus pulmones. Miró desesperada de lado a lado sin saber si buscaba una manera de escapar o si era que estaba en negación.

Sus piernas se debilitaron y sus rodillas cedieron. Se desplomó hacia el suelo y quedó guindando de las cadenas heladas como si fuera ropa mojada. Estaba a punto de perder la consciencia.

—¿Sabes qué? Yo puedo detenerlo. Puedo hacer que todo esto se acabe. Lo único que tú tienes que hacer es decirme dónde vives —le dijo Hela con una sonrisa maléfica.

Pixie volvió a cerrar los ojos e intentó calmarse. Uno, dos, tres, contó en silencio, intentando respirar lento y profundo. Pero era imposible con la inflamación de sus pulmones. La cabeza le daba vueltas por falta de oxígeno. Pronto quedaría inconsciente. Probablemente era lo mejor. Así jamás podría delatar a su mamá. Aceptó su destino y se rindió a las sombras que la rodeaban.

Estaba en su casa entre los brazos de su mamá. Rizos castaños con olor a coco fresco le hacían cosquillas en la nariz al aferrarse al pecho de su madre. Delmes la acarició con manos suaves antes de darle un beso en la frente. Estaba en el lugar más seguro. Por un corto momento olvidó por completo a Hela Dafría y a su hijo malvado, Garm. Estaba en casa.

De repente sintió un ardor frío. Hela le dio en la cara con su mano helada y le raspó la mejilla con las uñas. La llevaban lejos de su madre. El calor y la seguridad de su hogar ya no estaban. Tenía frío y hambre, y el martillo en su cabeza se había tornado insoportable. Podía escuchar la voz de Hela en la distancia, exigiendo que Pixie le dijera su dirección mientras el silbido volvía a retumbar por las paredes. La abrumaron las ganas de volver a estar entre los brazos de su mamá, no en un sueño, sino en la realidad. No podía permitir que Hela ganara. Tenía que resistir. Tenía que encontrar la manera de detener el ataque de asma y regresar a casa.

Se enfocó en la respiración nuevamente, intentando mantenerla lo más estable posible. Lentamente, cada respiro era un poco más profundo, hasta que logró detener el silbido. Hela la miró sorprendida.

—Parece que te he subestimado, Pixie Piper —dijo Hela con los dientes apretados—. Eres más valiente que la mayoría de las niñas humanas que he conocido. Pero no importa, igual obtendré lo que quiero.

Le volvió a respirar encima, pero esta vez,

Pixie aguantó la respiración. El aire helado se esparció desde su cara hacia afuera hasta cubrir las cadenas con escarcha suave y blanca. Escuchó cómo el frío agrietaba los eslabones alrededor de sus muñecas y tobillos. Sin pensarlo dos veces, tiró de las cadenas súper enfriadas. Su mano derecha quedó suelta, salpicando a Hela con pedacitos diminutos de hielo. El hada de nieve apuntó su dedo hacia el brazo suelto de Pixie y disparó un rayo de hielo azulado. Pixie se pegó la mano al cuerpo justo cuando el hielo le pasó por el lado y terminó en una montaña de cadenas detrás suyo. Cerró el puño e intentó darle a Hela, pero ella retrocedió y el puño de Pixie solo logró conectar con el aire. En cambio, un arcoíris salió del la sortija en la mano de Pixie. Cayó justo entre los dos ojos de Hela. La tez blanca de la reina primero se tornó violeta, luego azul, verde y así sucesivamente, de todos los colores del arcoíris. Entonces cayó de espaldas y comenzó a convulsar en el hielo.

Horrorizada, Pixie utilizó la sortija arcoíris para zafarse de las demás cadenas y salió corriendo. Pasó la piscina con los pingüinos, cruzó el puente y llegó a una escalera doble. En la base había una fuente que, en lugar de tener chorros de agua, botaba nieve, creando un efecto de nevada en toda el área, como en un globo de nieve. El suelo estaba cubierto de blanco y pudo notar unas huellas grandes con tres dedos que subían por las escaleras.

Siguió las huellas por un largo pasillo adornado con todo tipo de animales disecados. Un ojo de decapulpo gigante descansaba en un estante junto a un tentáculo con garra. Sintió escalofríos al recordar su encuentro con una de esas criaturas hacía apenas unas horas. En la pared opuesta había una bestia con cola y aletas de tiburón, pero con la cabeza de una anguila. Un poco más abajo, el caparazón de una tortuga gigante, tan grande que Pixie podía meter su cama completa adentro, descansaba en el medio del camino.

Se escuchó un grito. Hubo un gruñido y un siseo. Venía del final del pasillo. Siguió el ruido y se encontró a Meni batallando con un yeti. Una de sus alas guindaba débilmente de su espalda. El hielo del piso parecía deslizarse y moverse en su dirección cuando uno de los yetis lo golpeó con la pata en el hombro. Meni perdió el equilibrio y cayó al piso. El hielo parecía aumentar la velocidad, encerrándolo en un círculo. El yeti levantó la pata sobre la cabeza de Meni. Sin duda lo aplastaría, así que Pixie le disparó un arcoíris en el ojo. El monstruo pegó un grito y cayó de lado.

Pixie voló sobre el suelo y levantó a Meni, quien estaba inconsciente. Con toda su fuerza, intentó volar. Logró elevarlo en el aire justo cuando el movimiento del suelo alcanzó el lugar dónde yacía. Una docena de culebras de hielo brincaron, intentando morderles los pies, mientras Pixie se elevaba cada vez más alto. En la distancia nublada podía ver una luz en el techo. Seguramente era una de las salidas de aire. Voló hacia arriba lo más rápido que pudo y cerró los ojos, esperanzada de poder escapar.

25

Una salida

El aire se tornaba más cálido a medida que Pixie subía y se alejaba de las culebras de hielo. No se atrevía a abrir los ojos. Seguramente habría rejas o algo parecido. De repente sintió los rayos cálidos del sol en su cara. Abrió los ojos. Estaban fuera del castillo, pero aún dentro del cráter. Encontró un lugar resguardado cerca de la pared y colocó a Meni, aún inconsciente, en el piso.

–Meni –dijo mientras le halaba el brazo–. Tienes que despertar. No te puedo cargar hasta salir de este cráter. Tienes que ayudarme.

–No puedo mover una de mis alas –Meni finalmente respondió–. Creo que está rota.

—Pues cúrate tú mismo —Pixie dijo casualmente.

—No puedo, —dijo Meni intentando examinar su ala—. Con el ala rota no puedo hacer el capullo.

—¡Oh! ¿Y qué podemos hacer? —Era imposible salir a pie.

—Está bien. Es solo una de las alas traseras. Podré volar y obtener algún tipo de altura. Eso sí, voy a necesitar ayuda para despegar y no creo que pueda controlar la dirección bien. Dame un jalón y no me sueltes, *¿okay?*

—¿Estás seguro? —preguntó Pixie mordiéndose el labio; siempre lo hacía cuando no estaba segura de sus decisiones.

—Sin duda. ¡Vámonos! —Meni dijo, levantándose y sacudiéndose la nieve de la ropa.

Con un brinco despegaron. Meni pudo volar casi sin ayuda. En poco tiempo, estaban de regreso en el expreso arcoíris. El bosque frondoso de Dahna los esperaba, invitándolos a regresar. Pixie miró una vez más hacia el viejo volcán. Aún no estaba segura como habían logrado escapar. Se preguntó si Hela sobreviviría el arcoíris. Su cuerpo convulso no había sido una escena agradable. Y su hijo… había mencionado algo de Meni y su hijo.

—¿Qué pasó con Garm? —le preguntó a Meni.

—Le disparé con mi arco y flechas —dijo triunfal, señalando hacia la mochila donde guardaba su arma preferida—. Luego de que te caíste, le disparé en el hombro y se cayó de la nube. El suelo entero se cubrió de yetis, y tú y él desaparecieron. Yo regresé al castillo por la torre y te estaba buscando cuando me encontré con el yeti. Gracias por eso.

—Cuando quieras —Pixie contestó con una guiñada.

* * *

Dalu los esperaba al final del arcoíris. Tenía la cara hinchada por haber dormido veinte horas corridas y se mordía las uñas de la mano izquierda mientras miraba nervioso de lado a lado.

—¡Pixie, Meni, lo lograron! —dijo, avanzando para darle un abrazo a Pixie—. Estaba tan preocupado. Vine hasta acá tan pronto me desperté. Déjame verte. ¿Estás bien? —Le dio una vuelta y la inspeccionó de arriba a abajo. Tenía una laceración fea en la pierna, donde el decapulpo la había atrapado—. Así que tenía razón.

¡Había un decapulpo! —exclamó Dalu, inspeccionándole la herida—. ¡Lo sabía!

—¿Lo sabías? —preguntó Pixie alejándose.

—Tenía mis sospechas —dijo Dalu rascándose la cabeza— así que bajé a la biblioteca para verificar, y entonces fue que me mordió la aguaviva dormilona. Lo siento, Pixie, pero me temo que me estoy poniendo un poco viejo. Ya no tengo los mismos reflejos que antes.

—¿Y los agentes de seguridad encontraron al espía? —Pixie le preguntó.

—Por supuesto —dijo Dalu categóricamente—. Intentaba escapar por el sistema de raíces subterráneas. Y claro, lo niega todo, pero encontramos su polvo en el envase de la aguaviva. Al pobre le han estado temblando las alas todo el día. Su pupación está programada para esta noche —añadió mientras gentilmente le removía una hoja del pelo a Pixie. Entonces se viró hacia Meni y notó su ala rota—. ¡Ay, bendito! Vamos a tener que arreglar eso inmediatamente. Ven conmigo.

Y los llevó de regreso al árbol real.

26

Honores de la Corte Seelie

–Ya. Todo listo. Se ve hermosa, señorita Pixie –
Tilly le dijo al terminar de ayudarla con el
complicado vestido de flores. Habría una cena
especial en honor a Meni y Pixie.

–Gracias por rescatarme una vez más –dijo
Pixie observando a Tilly por el reflejo del espejo
que tenía en frente. No había notado antes que
tenía los ojos violetas.

–Debe de estar muy contenta de volver a casa
–dijo Tilly, manteniendo la cabeza baja, como de
costumbre–. ¿Es muy diferente a Dahna?

–Definitivo. No creo que haya ningún lugar
en la Tierra como aquí –respondió Pixie.

—Nunca he salido de Dahna —dijo en una voz tan baja que casi no se escuchó.

—¿En serio? —Pixie se volteó para mirarla—. ¿Por qué no?

Tilly encogió los hombros y finalmente levantó la cabeza y fijó sus ojos violetas en Pixie.

—Supongo que no sabría a dónde ir —dijo.

—Pues debes venir a visitarme a Gardenville —sugirió Pixie. Le pareció notar una sonrisa colarse en los labios de Tilly, pero era difícil saberlo, ya que había vuelto a mirar hacia el suelo.

—Mejor debe irse, señorita Pixie. No quiere llegar tarde de nuevo —dijo mientras la dirigía gentilmente hacia el jardín.

Meni la esperaba en la mesa de hongo. Llevaba un traje azul con pequeñas ondas de agua que se movían al caminar. Su ala estaba vendada y la llevaba en un cabestrillo para no arrastrarla por el piso.

—¡Hey, qué bueno que estás aquí! —dijo Meni—. Empezaba que creer que esto me tocaría a mí solo. ¿Es cierto que vamos a cenar con la Corte Seelie completa?

—Sí lo es, jovencito —dijo una voz melodiosa.

Era la reina. Estaba de pie frente a la entrada con un vestido de seda blanco perlado. Su cabello irradiante caía suelto sobre sus hombros y los destellos de arcoíris le daban color al vestido, reluciendo al caminar entre la luz y las sombras.

—Quería darte las gracias, Meni, por salvar la vida de mi nieta.

Meni bajó la cabeza muy similar a como Tilly había hecho con Pixie, y luego dijo algo ininteligible.

—Jamás olvidaré toda la bondad que has tenido con Pixie —Ceres le dijo, levantándole la barbilla para que Meni la mirara a los ojos—. Ahora vamos a la fiesta.

Los llevó por el pasillo donde Dalu los esperaba vestido con un traje de musgo azul. Bajaron cuatro niveles hasta el primer piso y viraron a la izquierda hacia un par de puertas gruesas de unos tres pisos de alto, grabadas con imágenes de flores de loto y pájaros. Dos soldados hada tiraron de unas sogas gigantescas amarradas a las asas de las puertas. Comenzaron a abrirse lentamente, permitiendo que un cálido rayo de luz se colara por la rendija.

El comedor estaba arreglado con dieciséis mesas divididas en cuatro grupos de cuatro, donde los miembros de la Corte Seelie ya disfrutaban de algunos aperitivos. Todos se detuvieron para ver entrar a Pixie y a Meni. Ceres les dio un empujoncito. Caminaron tímidamente por el centro del salón hacia una mesa larga colocada perpendicular a las demás. Había un silencio abrumador, ni siquiera un murmullo. Al llegar a la mesa, Ceres los volteó para que quedaran de frente a la Corte. Todos comenzaron a aplaudir. Un hada rubia con un vestido blanco semitransparente le hizo una reverencia a Pixie y comenzó a cantar una de las canciones más hermosas que Pixie había escuchado.

—¿Quién es ella? —le preguntó a su abuela.

—Es Ariel, la reina de las hadas del viento — explicó inclinando su cabeza en deferencia hacia Ariel en la distancia—. Está cantando sobre el honor que siente de estar en tu presencia.

Pixie le sonrió y el hada del viento alzó la voz en un crescendo que estremeció el salón completo. Luego de la canción, los meseros sirvieron una maravillosa cena de siete cursos. Pixie y Meni devoraron sus platos, ya que casi no habían podido comer durante su aventura. Cuando finalmente se llevaron los platos del postre, Ceres se levantó de su trono y se dirigió a la congregación. Dalu corrió a su lado cargando tembloroso una pequeña caja cuadrada.

—Hadas de la Corte Seelie —comenzó—, por la valentía y lealtad demostrada al salvar un miembro de la familia real, le concedo a Epiménides Corteza la Medalla de Honor de la Corte Seelie.

La multitud estalló en aplausos. En la primera fila, un pequeño grupo de hadas se levantó de sus asientos aplaudiendo más fuerte que los demás. Eran los padres de Meni y todos sus hermanos y hermanas. Sus ojos resplandecían de orgullo mientras Meni caminaba patidifuso hacia la reina para recibir su medalla.

Luego de la ceremonia su familia lo rodeaba, intentando abrazarlo y felicitarlo personalmente. El señor Corteza miraba a Meni con el mismo orgullo que Pixie había observado el día de la cena en su casa.

—Pregúntales —le dijo a Meni empujándolo con el codo.

—¿Que les pregunte qué? ¿De qué hablas?

—dijo confundido.

—Los juegos FEX —dijo Pixie—. Es imposible que digan que no ahora.

Meni se acercó tímidamente a su padre. Pixie vio que le dijo algo al oído y unos segundos después había una sonrisa en ambos rostros. Estaba segura de que el papá de Meni había dicho que sí. No le cabía la más mínima duda. El resto de la familia rodeó a Meni, cada uno ofreciendo su propio consejo. Pixie disfrutaba de la escena cuando Dalu carraspeó conspicuamente a su lado.

—Pixie —le dijo llevándola a un lado—. Es hora de decir adiós. Tenemos que regresar a tu casa antes de que tu madre se levante.

Pixie caminó hasta donde Meni.

—Me tengo que ir —le dijo, deseando que pudiera irse con ella. Haría sus días mucho más agradables.

—No te preocupes, Pixie —Meni dijo como leyéndole la mente—. Te enviaré mensaje por abeja lo más pronto posible. Y también puedes venir a visitarme cuando quieras.

Pixie sonrió preguntándose si eso realmente sería posible.

—Adiós —dijo, abrazándolo. Luego tomó la mano de Dalu y dejó a Meni con su familia.

Regresaron a la playa y tomaron uno de los botes de hoja que había en la orilla. En poco tiempo navegaban sobre la corriente verde de regreso al riachuelo del bosque al lado de la escuela. El bote se detuvo junto a una piedra grande. Dalu les salpicó polvo encima a ambos y nuevamente eran grandes. El río ahora era solo un chorrito de agua que había quedado de la lluvia y el bote, una hoja de tamaño normal.

Al salir del bosque Pixie notó las nubes grises. El cielo se veía exactamente igual que cuando partió. El convertible deportivo rojo seguía estacionado frente al árbol de las flores anaranjadas.

Al regresar a su casa, las calles estaban desiertas. Pixie saltó del carro como si le diera alergia y corrió hacia la puerta. De alguna manera inexplicable, Dalu había logrado empeorar sus destrezas de manejo en las dos semanas que había estado fuera de práctica.

—Gracias, Dalu —le dijo con un último abrazo.

Entonces volvió a mirar hacia el cielo. Las

nubes estaban oscuras y bajitas. Dejó salir un suspiro profundo antes de voltearse hacia la puerta. Serían días aburridos de no poder salir de la casa por lluvia.

—¿Sabes qué, Pixie? —dijo Dalu intensificando su brillo-. Si lanzas un arcoíris durante un día lluvioso, sale el sol.

Le guiñó el ojo y regresó al carro. Cuando Pixie logró reaccionar, ya no había señales de Dalu ni del carro. No había escuchado el encendido del motor ni el chillido de las gomas. Ni siquiera el sonido de la puerta cerrar.

Adentro, su madre aún dormía cómoda en su cama. Casi ni se había movido desde que Pixie partió. Llevaba una sonrisa agradable en su rostro. Hizo que Pixie se sintiera cálida y muy orgullosa. Había ayudado a que esa sonrisa permaneciera allí.

De repente el reloj de la cocina marcó las siete y la señora Piper se volteó hacia Pixie. Se escuchó el sonido de un carro entrar en la marquesina. Su padre había llegado de su reunión. Rápidamente, Pixie escondió las alas dentro de la espalda y corrió por el pasillo justo antes de que su papá abriera la puerta.

—Llegué —anunció el señor Piper—. ¿Qué es esto? —dijo fijándose en el polvo dorado y violeta que había en el piso—. ¡Caramba! El techo está botando polvo otra vez.

Pixie simplemente le obsequió una hermosa sonrisa.

FIN

SOBRE LA AUTORA

A Maricel Jiménez Peña le fascina bailar, pero no se atreve a decir que es bailarina. Desde niña descubrió que existían mundos mágicos dentro de los libros y es por eso que su género favorito es el de fantasía para niños. Natural de San Juan, Puerto Rico, pero con el corazón en el oeste, estudió Psicología en el Colegio de Mayagüez (RUM), donde obtuvo el tercer lugar en una competencia con su cuento «The Plebiscite», y en 2010 quedó como finalista en la competencia de microcuentos de la revista *En Rojo* con su relato «Preludio». En 2015 publicó su primer libro, *The Adventures of Pixie Piper: A Fairy's Breath*, el primer encargo de una serie de fantasía para niños, seguido en 2017 por el segundo volumen: *The Trove of the Water Dragon*. Fiel creyente de que los sueños se hacen realidad si trabajas por ellos, sueña con una finquita donde cultivar comida orgánica y tener una casa en un árbol para escribir.

Made in United States
Orlando, FL
30 December 2021

12669494R10107